ヒルデ
Hilde Norg
「ヒルデもブラッ
界のトップだ。
医学界の国王
い」
ブラッド
Brad Joker
UN249877
XV
現実主義勇者の王国再建記
Re:CONSTRUCTION
THE ELFRIEDEN KINGDOM TALES OF REALISTIC BRAVE
どぜう丸 イラスト 冬ゆき

シャ・ボン
Sha Bon
始めよう。
ソーマ
Souma A. Elfrieden
クー
Kuu Taisei

マリア
Maria Euphoria
――さあ
フウガ
Fuuga Haan
シィル
Sill Munto

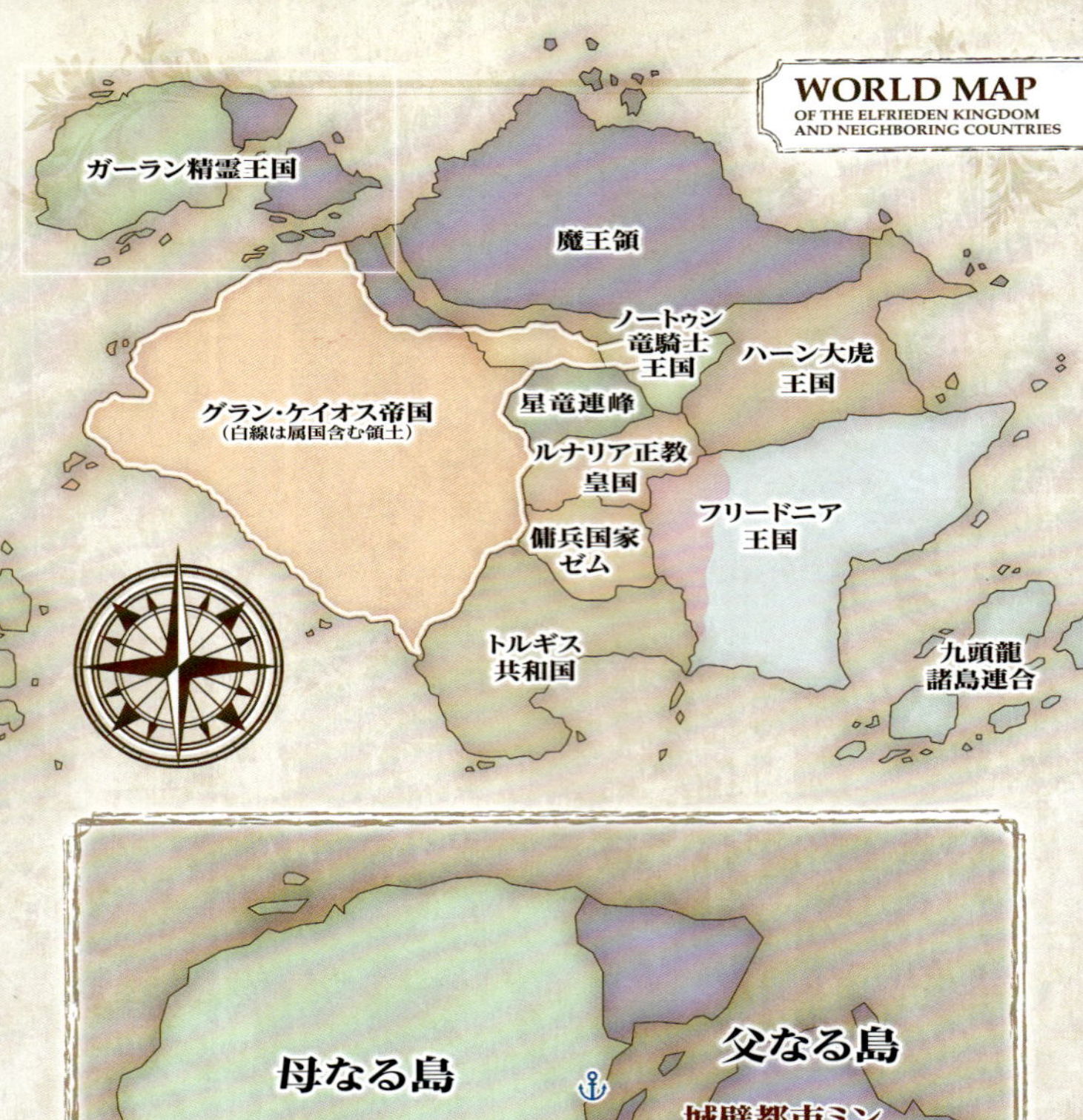
WORLD MAP
OF THE ELFRIEDEN KINGDOM
AND NEIGHBORING COUNTRIES
ガーラン精霊王国
魔王領
ノートゥン
竜騎士
王国
ハーン大虎
王国
星竜連峰
グラン・ケイオス帝国
（白線は属国含む領土）
ルナリア正教
皇国
フリードニア
王国
傭兵国家
ゼム
トルギス
共和国
九頭龍
諸島連合

父なる島
母なる島
城壁都市ミン
ガーラン精霊王国

現実主義勇者の王国再建記

Re:CONSTRUCTION THE ELFRIEDEN KINGDOM TALES OF REALISTIC BRAVE

どぜう丸

イラスト 冬ゆき

Re:CONSTRUCTION
THE ELFRIEDEN KINGDOM
TALES OF REALISTIC BRAVE

CHARACTERS

アイーシャ・U・エルフリーデン
Aisha U. Elfrieden

ダークエルフの女戦士。王国一の武勇を誇るソーマの第二正妃兼護衛役。

ジュナ・ソーマ
Juna Souma

フリードニア王国で随一の歌声を持つ『第一の歌姫』。ソーマの第一側妃。

ロロア・アミドニア
Roroa Amidonia

元アミドニア公国公女。稀代の経済センスでソーマを財政面から支える第三正妃。

ナデン・デラール・ソーマ
Naden Delal Souma

星竜連峰出身の黒龍の少女。ソーマと竜騎士の契約を結び、第二側妃となる。

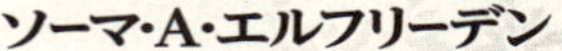

ソーマ・A・エルフリーデン
Souma A. Elfrieden

異世界から召喚された青年。いきなり王位を譲られて、フリードニア王国を統治する。

リーシア・エルフリーデン
Liscia Elfrieden

元エルフリーデン王国王女。ソーマの資質に気付き、第一正妃として支えることを決意。

⚜ ヒルデ・ノーグ
Hilde Norg

三ツ目族の医者。額にある『第三の目』で微生物や細菌の姿まで捉えることができる。

⚜ ブラッド・ジョーカー
Brad Joker

人間族の医者。光属性魔法による医療行為が一般的な世界において唯一存在した『外科医』。

⚜ フウガ・ハーン
Fuuga Haan

マルムキタンの王。世界全土に覇を唱えようとする在り方をソーマから危険視されている。

⚜ シュウキン・タン
Shuukin Tan

マルムキタンの王・フウガを支える右腕。武勇にも知略にも優れた将でフウガの友でもある。

⚜ ユリガ・ハーン
Yuriga Haan

マルムキタンの王・フウガの妹。フウガの提案でフリードニア王国に留学する。

⚜ トモエ・イヌイ
Tomoe Inui

妖狼族の少女。動物などの言葉がわかる才能を見出され、リーシアの義妹となる。

⚜ マリア・ユーフォリア
Maria Euphoria

グラン・ケイオス帝国女皇。『聖女』とも称される。フリードニア王国と秘密同盟を結ぶ。

⚜ シィル・ムント
Sill Munto

ノートゥン竜騎士王国の王女。伴侶である白竜パイに乗って戦う一騎当千の竜騎士。

⚜ クー・タイセー
Kuu Taisei

トルギス共和国元首の子息。ソーマの元で統治を学んだ後に帰国。次期元首となる準備を進める。

⚜ シャ・ボン
Sha Bon

九頭龍諸島連合の王・シャナの娘。オオヤミズチ討伐の功により、シャナから九頭龍王位を譲られる。

Contents

Re:CONSTRUCTION
THE ELFRIEDEN KINGDOM
TALES OF
REALISTIC BRAVE

XV

プロローグ ✦ 一つの国が興る陰で

パルナム城にある大書庫。

ここはフリードニア王国において最も書籍が集まっている場所だった。

この世界にはすでに活版印刷があり、書籍も少しは流通していたのだが、識字率が低かったこともあり書店や図書館が建設されるまでには至らなかった。

しかしソーマが王位を譲られてからは教育を重視したことにより、国民の識字率も六割ほどまで上がっていて、とくに図書館の建設が待ち望まれるようになっていた。

『本は人類の英知の結晶だ。種類も多いに越したことはない』

ソーマはそのように言うと、国中から、または交流のある外国から可能なかぎりの本を購入したり、一時的に借りたりなどして写本を製作するように指示した。

かつて居た世界に存在したというアレクサンドリア図書館の伝説に『この都市を訪れた者の荷物に外国の本があれば預かり、写してから写本のほうを返還した』というのがあるが、さすがにそこまで悪辣なことはしていない。借りた原本はちゃんと返却している。

集められた本は学術書・技術書などの実用的な物のみならず、神話や子供に聞かせるような童話の本、はたまたトンデモな知識が書かれている珍書に至るまで、すべて司書や研究員に写本させて大書庫に収めさせていた（ただし魔術書などは扱いが難しいため、手に入り次第べつの解析部門に送られている)。

どんな知識、どんな技術であっても疎(おろそ)かにはしないというソーマの政策がここにも反映されていた。そのため司書や研究員はここ数年は人員不足気味であり、王立アカデミーやジンジャーの専門学校の卒業生を雇い入れても仕事は一向に減らなかった。

本好きで有名な黒衣の宰相ハクヤなどはむしろこの仕事をやりたがり、休日には作業を手伝うことも多かったが、そういった物好きはそうそういるものではなかった。

しかし昨年、この書庫に一人の逸材が現れた。

イチハの姉であるチマ家の三女サミだ。

東方諸国連合内での政争の末に義父を失い、傷つき、この国に預けられたサミだったが優れた魔導士であり読書家でもあった。幼い頃は姉のヨミと一つの本を一緒に読んでいたほどだった。ただ成長するにつれてヨミが広く事物に関する知識を欲するようになったのに対し、サミは経理や数学などの理系方面に興味を持つようになったらしい。

そのことをイチハから聞いたソーマは、

『サミも城に閉じこもっているよりは、本に囲まれていたほうが気が紛れるだろう』

と言って大書庫の司書として抜擢(ばってき)したのだ。

この人事は大当たりだった。

サミは届けられる本の仕分けに対して優れた手腕を発揮し、たまに紛れ込む魔術書などの扱いにも長(た)けていたため、すぐに司書チームの中心人物となっていた。

サミとしても本に囲まれた書庫の静けさは気が休まるらしく、精力的に作業をこなしていた。彼女の心の傷が癒えるにはまだ時間が掛かりそうだが、それでも少しずつだが笑顔でいられる時間が増えてきているようだ。

――大陸暦一五五〇年一月半ば頃。

この日も、サミは本棚の整理を行っていた。自分の背丈の倍近くはありそうな本棚の前に脚立を置き、その上に腰掛けたサミは下に居た人物に言った。

「イチハ、そこの『アミドニア寓話集』を順番に取って」

「了解です」

イチハは床に平積みにされた本の中から、指定された本を捜してサミに渡した。

「はい。姉さん」

「ありがと」

サミは受け取った本を空いているスペースに差し込んでいく。

本の受け渡しをしながらイチハはサミの横顔を眺めた。サミの双子の姉ヨミとは違う側で結んだサイドテールが揺れている。その表情は穏やかだった。

チマ公国にいた頃は、イチハは兄弟の中で脳筋組のナタとゴーシュに能なしといびられており、サミとヨミはそんな脳筋の兄たちを嫌って近寄らなかったため、イチハと双子の姉たちとはあまり接点を持っていなかった。

（大丈夫なのかな……サミ姉さん）

もともとあまり感情が表に出ない人でもあったため、イチハにはいまのサミの心中を窺い知ることができなかった。イチハは考え込むあまり手が止まっていたようだ。

「イチハ？」

サミが訝しげな顔でイチハを見ていた。

「あ、ごめんなさい」

イチハは慌てて次の本を渡した。サミは本を受け取ると膝の上に置いた。

「私のこと、気にしてくれてるの？」

「あっ、それは……はい……」

イチハが観念したように答えると、サミは小さく笑った。

「……やさしいね。イチハは」

「それは、だって、家族ですから」

「家族……か。みんな同じ親から生まれたのに、よくもまあ、あんなに性格の違う兄弟姉妹になったものね」

長兄のハシムのことを思い出したのかサミの表情に陰りが差した。イチハがどう声を掛けていいか迷っていると、サミは湧いてくる感情を振り払うように頭を振った。

「ねぇイチハ。この国の暮らしは楽しい？」

「えっ？」

「この国って良いところよね。平穏だし、城の人々の雰囲気も明るい。私にもやさしくしてくれて、気を遣ってくれてる。イチハがよく手伝いに来てくれるのも、私が一人で思い詰めたりしないように……でしょ？」

「……」

　サミの言うとおりだった。イチハがサミの作業を手伝っているのは、誰かがサミの傍にいて一人にしないほうが良いと、ソーマやハクヤに言われたからだった。

　もともと賢い女性であるサミはその気遣いに気付いていたようだ。

「イチハはもう、ソーマ殿に仕えているの？」

「は、はい。まだ学生の身ですが家臣として迎えていただきました」

「そう……ならもう、北に帰ることはないわね」

　サミはまた小さく笑った。

「うん。そのほうが良い。北に帰ったら良いように利用されてしまうだろうし」

「利用……？」

「ソーマ殿がフウガ・ハーンに『魔物事典』を送ったでしょう？　その著者がイチハだと知れたときは、東方諸国連合の為政者たちが悔しがっていたわ。私もそうだけど、イチハの持つ知識が値千金であることに誰も気付かなかったんだもの」

「……」

するとサミは脚立の上から腰をずらし、空いたスペースをポンポンと叩いた。隣に座りなさい、ということらしい。イチハは促されるままに脚立を上ってサミの隣に腰を下ろすと、サミはイチハの肩を抱くようにしながらヨシヨシと頭を撫でた。

「きっと帰ったら諸手を挙げて迎えてくれる。それまでの見下した態度など忘れたかのように持ち上げてくれると思う。多分モテモテ。是非お婿さんにとお見合い依頼が殺到するでしょうね。でも……イチハにしてみれば、なにをいまさらって感じでしょ？」

「……そうですね」

イチハは深く溜息を吐いた。

「僕は僕を認めてくれた人たちがいるこの国が好きです。もうすでにチマ公国もないのですから、いまさら帰りたいとは思いません」

「それがいい。イチハの知識に価値が出た以上、ハシム・チマが放っておくとは思えないもの。ソーマ殿の庇護下にいたほうが安全」

サミはいまハシムのことをハシム兄上ではなくハシム・チマとフルネームで呼んだ。そこに彼女の胸中が表れているように、イチハには感じられた。

その恨みはどこまで広がっているのだろう？

義父を殺す謀略を練ったハシムはもちろんとして、実行を命じたフウガのことは？

そのフウガの妻である長姉ムツミのことは？

フウガ派についた双子の姉ヨミのことは？　どこまで恨んでいるのだろう？

「姉さん。僕の友人の中には……その……」

「知ってる。フウガ・ハーンの妹がいるのよね？」

「っ!?」

イチハが言葉を選んでいると、サミが察したように言った。

「この城に住んでいるのでしょう？　まだ鉢合わせたことはないけど」

「……サミ姉さんはフウガ殿のことを恨んでいますか？」

「そう……ね。恨みがない、とは言えないわ」

サミはそこまで言うと首を横に振った。

「でも、私が一番許せないのはハシム・チマだから。その献策を採用したフウガ・ハーンはともかく、私を助けようとしてくれたムツミ姉さんまでは恨んでない。フウガ・ハーンの妹であるというだけの……ユリガさん？　には思うところはない。むしろ……」

「むしろ？」

イチハが聞き返すと、サミは自嘲気味に笑った。

「血の繋がった兄に振り回されてそうな感じで親近感すら覚える」

「それは……」

イチハはどう答えて良いかわからなかった。そんなイチハにサミは言った。

「その子が友達だというのなら気遣ってあげて。海洋同盟の中心であるこの国に預けられている主君の実妹なんて、とても使い勝手の良い駒。人質として相手を油断させられるし、見捨てることで罠を張ることもできる。ハシム・チマが使わないとは思えない」

「…………」

たしかにハシムならそういう献策もしてくるだろう。

それをフウガが採用するかどうかだけど……それは状況によるだろう。普段のフウガならばそこまで薄情ではないし、むしろ肉親への情は厚いように感じる。

しかし時代の流れに突き動かされているような面があるフウガは、それが必要だと判断される場合にはユリガを見捨てることもあり得るのではないだろうか。

サミはイチハの肩を抱き寄せて、頭をくっつけながら言った。

「血の繋がりを気にしない人もいるの。そのことは、憶えておいて」

サミの言葉に、イチハは黙ったまま頷いた。

——そんな二人の会話を陰でこっそりと聞いている人物がいたのだが、その人物は逃げ去るようにその場を後にしたのだった。

◇　◇　◇

——コン、コン、コン。

今日も今日とて政務室でハクヤたちと共に書類と格闘していると、扉がノックされた。

昼休憩には……まだ少し早い時間帯だけど誰か呼びに来たのだろうか。

俺が扉に向かって「どうぞー」と呼び掛けると、

「……失礼するわ」

そう言ってユリガが入ってきた。なにやら浮かない顔をしている。

「どうした？　ユリガ」

「……少し、ソーマ殿とハクヤ先生に話したいことがあって……あっ、仕事中なら出直すけど……」

なにやら歯切れの悪い感じでユリガはそんなことを言った。人目のある場所では話しにくいことなのだろうか？　ふむ……もう少しで休憩に入るし、いいか。

俺はわざとらしく一つ咳払(せきばら)いした。

「少し早いが昼休憩にしよう。ハクヤ以外は休んでくれ」

「「はっ」」

政務室で働いていたハクヤ以外の官僚たちは、俺の言葉に一礼するとゾロゾロと部屋から出て行った。この空間に俺とハクヤとユリガの三人だけ（扉の向こうには衛士(えじ)もいるけど）になったところで、俺はあらためてユリガに尋ねた。

「それで、話したいことって？」

「その……大書庫でたまたま、イチハとサミ殿が話しているのを聞いて……」

東方諸国連合からの亡命者として王城に逗留させているイチハの姉サミ。

イチハの話では、サミは優れた魔導士で経理に明るいということだったので、できればロロアのもとで使いたかったのだけど、家臣ではなく客人という扱いなのでそれはできなかった。いずれこの国に仕官してくれるようなら財務部に薦めたいところだけど、まだ心の傷が癒えていない彼女には時期尚早だろう。

かといって、王城の中でただ日々を過ごすというのも気が滅入るだろう。一人きりで思い悩む時間を与えてしまうことにもなるからだ。

どうしたものかとイチハやハクヤと話し合った結果、まずは考える時間を与えずに身体を動かさせるのがいいだろうということになったのだ。そしてサミは読書が好きだったとイチハから聞いたので大書庫での司書の仕事を与えてみたのだ。

これはそれなりに効果があったみたいで、サミは黙々と作業をこなし、空いた時間は読書して過ごしているようだ。辛い記憶に蓋をするかのように……。

そんなサミを一人にしないようにと、イチハが頻繁に手伝いに行っていた。

ユリガはそんな場面に出くわしたのだろう。ユリガからしてみれば、自分はサミの敬愛する義父を討った仇の妹なのだから、居たたまれなかったはずだ。

俺は沈んだ表情のユリガに言った。

「いまは……彼女を刺激しないでもらいたい。肩身の狭い思いをさせて悪いけど、しばら

「……ああ」

くは書庫には近づかないでもらえるだろうか」

「わかってるわよ！……そんなことは」

ユリガは視線を逸らしながら言った。

俺は一瞬ハクヤと顔を見合わせたあとで、慰めるように言った。

「そう心配しなくていい。イチハの話では彼女の怒りや恨みはフウガよりも実の兄ハシムに向いているようだ。変な挑発でもしないかぎり恨まれることもないだろう」

「そんなことしないわ……しないけど、でも……」

段々と意気消沈していくユリガを見て、ハクヤは「ふぅ」と一息吐いた。

「そういうことが聞きたいわけではないようですね」

「っ!?」

「？　どういうことだ？」

尋ねるとハクヤは肩をすくめて見せた。

「おそらくユリガ殿が聞きたいのはフウガ殿のことでしょう」

「………」

「フウガの？」

「近頃は、ユリガ殿を教えていて、フウガ殿とは異なるであろう見地に立つことが度々見受けられます。私が思いますに……」

「……もういいです。ハクヤ先生」

ハクヤの言葉をユリガが手で遮った。

「それ以上は、自分の口で語ります」

ユリガは顔を上げると、真っ直ぐに俺の目を見ながら言った。

「お兄様が東方諸国連合を統一するのに、サミ殿の義父殿を騙し討ちにする必要があったのか……このことについて、国王であるソーマ殿の意見を聞きたいの」

「……騙し討ちの正当性、か」

ユリガの目を見ると真剣そのものだった。

励ましとか気遣いの言葉とか、聞こえの良いことを耳にしたいのではないだろう。……真剣な問いかけには真剣に答えるべきだ。だから正直に言った。

「わからないよ」

「っ!? 私は真剣にっ」

「いや、答えをはぐらかしてるわけじゃない。なにが正しかったかなんてわかるわけがないんだ。ユリガにも、サミにも肩入れしないなら、こう答えるしかない」

善悪で割り切れることなんてそう多くはないからな。

「サミのことを思えば、フウガのしたことは悪だろう。恨まれるのも当然だ。だけど、従わない各国の王を討たずに、それぞれの国を併合するための戦を起こした場合、より多くの命が失われることになる。敵側にも味方側にもな」

「………」

「もし、フウガがサミの国へ攻め込み、攻防戦の果てにサミの義父殿が降伏し、許されたとしても、民には犠牲が出ることだろう。誰かの代わりに誰かが死に、何人の代わりに何人かが死ぬとして……どちらが良かったとか言える話じゃないだろう？　あるいは後世では犠牲を最小限に抑えたことで、フウガの行動を英断と讃えるかもしれない」

　後世の人々は結果論でしか物事を見られないからな。

　何人死んだからとか、何人しか死ななかったからとか、そういう形でしか物事を見ることができない。解釈を交えず中立の立場で物事を見ようとすればするほどに。

「それに、似たようなことなら俺だってやっている。フウガを責める資格などないよ」

「えっ？　ソーマ殿も？」

　ユリガは目を丸くしていた。かなり驚いているようだ。

「そう見えないかな？」

「……はい。そんな覇気があるようには見えないし」

「ハハハ……そのとおりだけど。なぁ？」

　ハクヤに話を振ると、ハクヤはコクリと頷いた。

「政権を安定させるためには、ときには手を血に染めねばならないこともあります。たとえやりたくなくても、後々に禍根を残さないために」

「かといってやりすぎれば恨みを買い、早晩破滅することになるがな。やらねばならず、やりすぎてもならず……為政者はそういう業を背負うことになる。俺だって、ここに来るまでに相当な数の人に血と涙を流させ、恨みを買ってきたはずだ。……いまもまだ、時々だけど夢に見てうなされることもあるしな」

「おや……そうなのですか？」

ハクヤにも驚き顔で尋ねられて、俺は苦笑しながら頷いた。

「倒れたガイウス八世が起き上がって、俺を殺しに来る夢とか偶(たま)に見るよ」

多分、恐怖が記憶として焼き付いているのだろうな。悪夢の中の人物はその当人がどう思っていたかなど関係なく、自分がもっとも恐ろしいと思う行動をとる。

こんな風だったら嫌だという光景を見せてくるのが悪夢というものだ。

胡蝶(こちょう)の夢……ではないけど、コレが本当の現実なのかと錯覚してしまう。

そういう夢を見て途中で目が覚めてしまった夜は、隣で眠る嫁さんの胸に顔を埋(うず)めて安心させてもらっている。そういうときは嫁さんたちも察してくれて、俺の頭を抱きかかえてくれるんだけど……って、これは恥ずかしいから言わなくていいだろう。

「だからまぁ、フウガの行動に正しいとか間違っているとか、そういうことは言えないよ。ただ一人の王の、一つの選択の結果がそこにあるだけだ」

「……そう」

「望むような答えを返せなくて悪いな」

「……」

ユリガは押し黙った。きっとユリガは俺に「フウガの行動は間違っていない」と、あるいは「フウガの行動は間違っている」と断言して欲しかったのだろう。

間違っていないと言われれば、恨むのは筋違いだとサミに負い目を感じずにすむ。

間違っていると言われれば、サミに対して同情でき気遣うことができる。

どちらにしても、ユリガはもうフウガの行動の正否を思い悩む必要がなくなり、スッキリできたはずだ。だけど俺もハクヤも安易な答えは与えなかった。

十代半ばの少女には酷なことかもしれないけど、彼女もいずれ国の中で大きな役割を担うことになる立場だ。答えのない問題に自分で折り合いを付けていく……そういったことを学ばなくてはならない。

するとユリガは「ふぅ」と息を吐いた。

「見かけによらず厳しいわね。ソーマ殿も、ハクヤ先生も」

「ハハハ。まあ愚痴くらいならいつでも聞くぞ」

「加えて、ユリガ殿には義妹様（いもうとさま）など頼れるご学友も居られるのですから、一人で考え込まずに、相談すると良いでしょう。無論、私でも構いませんが」

「……うん。そうさせてもらうわ」

俺とハクヤの言葉に、ユリガは少しだけ笑顔を見せたのだった。

第一章　王国のベビーブーム

――アアアアアアアアア！

遠くのほうから泣き声が聞こえていた。

結構距離がありそうなのにこれほどのボリュームで聞こえてくるということは、とんでもない大声なのだろう。一度泣くと大泣きするのだ、あの子は。俺はいま政務室で書類仕事をしていたのだけど、この声を聞くと居ても立っても居られなくなる。

「なあ……様子見に行っちゃダメ？」

近くで仕事をしていた宰相のハクヤに尋ねると、ハクヤは溜息を吐いた。

「見てくれている方が大勢居るのですから、陛下一人が行ってどうなるというものでもないでしょう。仕事をしてください」

「だ、だって、あんな大きな声で泣いてるし」

「エンジュ姫様はもともと大きな声のお方でしょうに」

この声の主は先日、俺とジュナさんとの間に生まれたばかりの赤ん坊の声だった。

俺にとってはシアン、カズハに次ぐ三人目の子供であり、ジュナさんにとっては初めての子供……それも女の子だった。

名前はジュナさんと義祖母のエクセルからとってエンジュにした。

エンジュ・ソーマだ。

ジュナさん似だけど髪の色は若干濃いめの可愛らしい女の子で、【第一の歌姫】の血を継いでいるためか泣き声が大きいのが特徴だった。

前に居た世界の住宅環境であんな声で泣かれたら、虐待を疑われて通報されるんじゃないかと心配になるくらいギャン泣きする。

もっとも普段はそんなに泣かず、泣くのはお腹が空いたとき、おむつを替えてほしいとき、眠くなったときだけだ。必要なときにしか泣かず、必要なときにちゃんと泣いて知らせてくれるので意外と手の掛からない赤ん坊なのだ。

そういう天性の気配り上手なところもジュナさんの血を感じる。

「様子を見に行きたければ、早く仕事を終わらせてください。ユリウス殿もいまは奥方が出産間近なため休暇中ですし、手が足りないのですから」

「ロロアも出産間近なんだけど……」

「そちらの手は万全すぎるほど足りているでしょう。陛下が抜かりないよう手配したのですから。陛下はご自分の仕事に集中してください」

「……了解」

俺は積まれていた書類仕事を【生きた騒霊たち】もフルに使って片付けた。

北では相変わらずフウガの大虎王国が暴れ回っていて不安定だが表だって敵対してはい

ない。帝国・共和国・九頭龍諸島とはそれぞれ盟を結んでいて関係も良好だ。王国の中だけで見れば非常に安定している時期であり、内政に力を注ぐことができた。

そのため大きな問題もなく仕事は淡々と片付いた。

いつも以上のハイペースで本日の政務を終わらせ、精神力の使いすぎでフラフラになりながらもジュナさんの部屋へと辿り着くと、エンジュを抱えながら揺り椅子に揺れるジュナさんと、それをやさしく見守るリーシアが居た。

リーシアは俺の顔を見ると口に人差し指を当てた。

静かにして、ということのようだ。

見れば揺り椅子に揺れるジュナさんもエンジュも眠っていた。

エンジュのことを愛おしそうに抱えながら目を閉じているジュナさんの姿は、動画に残して写真に残してついでに宮廷画家に描かせたいくらいに神聖な美しさがあった。

（「さっき眠ったところなの。ジュナさんも一緒に寝落ちちゃったわね」）

近くによるとリーシアが小声で言った。俺も起こさないよう小声で話す。

（「お疲れ様。シアンとカズハは？」）

（「アイーシャとロロアが育児室のほうで見てくれているわ。エンジュの泣き声を聞くと二人ともビックリして泣き出しちゃうから」）

シアンとカズハはすでに摑まり立ちし、トテトテとおぼつかない立ち歩きと意外にすばしっこいハイハイを駆使してあちこち動き回るようになっていた。とくにカズハは放っておくとどこまでも移動して部屋から出て行こうとするので目が離せなかった。

元気に成長してくれるのは嬉しいけど、母親に似てお転婆すぎるのが困りものだ。

（「リーシアもありがとう。ジュナさんのサポートをしてくれて」）

（「私のときもジュナさんに支えてもらったから、これくらい当然よ」）

そう言うとリーシアは俺の肩をポンと叩いた。

（「それじゃ、しばらく三人にしてあげるわ。シアンとカズハも気になるし」）

産後のジュナさんの精神的なことを考えてくれているのだろう。

俺、ジュナさん、エンジュの三人だけの時間を作ろうとしてくれているようだ。

（「ありがとう、リーシア」）

（「ふふふ、これも第一正妃の仕事よ」）

（「あ、そういえば名前が出なかったけど、ナデンはどこかに行ってるの？」）

思い出して尋ねると、リーシアは「あー……」と頷いた。

（「ナデンだったら今日はマグナ領に行っているわ。あそこにもほら、いるでしょ？」）

（「……なるほど」）

俺は大いに納得したのだった。

「か、可愛いわね」

ベビーベッドの中でスヤスヤと眠る赤ん坊。小っちゃな手を両方ともグーにしながら、少しだけ口をとがらすように眠るその姿を見て、ナデンは思わず呟いた。

「フフン、でしょう?」

「いや、なんでアンタが自慢げなのよ……」

横に立っていたルビィが自信満々そうに胸を張るのを、ナデンは白い目で見ながら言った。ここはハルバートの実家であるマグナ家の邸宅だった。ベビーベッドで眠っている赤ん坊には薄らと赤い髪が生え始めていて、頭には小さなキツネの耳が生えていた。

この子はハルバートと第一夫人カエデの間に生まれた子だった。

そして第二夫人であるルビィもまたこの子を溺愛していた。

「ハルとカエデの子だもの。私の子も同然よ」

「うん……気持ちはわかる」

ナデンもまたリーシアやジュナが産んだ子供たちを溺愛していた。

そもそも竜族は長命種族であるため子供を授かりにくい。また竜族の特性としても子孫繁栄を願う気持ちが強いため、家族への愛情が大きくなりがちなのだ。だからこそ、夫と他の嫁との間に生まれた子供であっても可愛く思えてしまうのだ。

「この子、男の子だっけ?」

「マグナ家待望の嫡男よ。ビルっていうの」

「ビル・マグナ……格好良いかも。妖狐族なのね」

人間族であるハルバートと妖狐族（キツネの獣人族）であるカエデの間に生まれる子供は、人間族か獣人族か半獣人かのいずれかの特徴を持って生まれてくることになる。

ただし妖狐族自体が身体的特徴としては半獣人程度のもの（キツネ耳と尻尾が生えているくらい）しか持っていなかったため、生まれてくる子供にキツネ耳・キツネ尻尾が生えているかどうかの違いしかなかった。

「赤い髪は私の特徴でもあるわよね」

「旦那様の特徴でしょ？　調子に乗って『私がママよ～』とかやってると、あとで本当のお母さんに怒られるわよ。……そりゃもうたっぷりとね」

「アンタ……やったのね」

「私だけじゃないわよ。（リーシアを除く）四人ともよ」

「うちの王家はなにやってるんだか……」

ルビィは呆れたように言った。するとビルが寝ながら手足を動かした。

「「………」」

二人はまた頰を緩めながらビルちゃんを眺める作業に戻る。

「赤ちゃん、良いわよね」

「良い」

「欲しいわよね」

「欲しい」

「ハルには頑張ってもらわないと」

「ソーマにもね」

「……そんな肉食獣のような目をしていたら、旦那様にドン引きされるのですよ？」

いつの間にか戻ってきていたカエデが二人の様子にドン引きしながら言った。ビルの産着を取りに行くため、しばらく二人にビルのことを見てもらっていたのだ。

ナデンは恥ずかしくなったのか、オホンと一つ咳払いをした。

「そういえばカエデは軍には復帰するの？ それともこのまま領地に残る？」

ナデンの問いかけにカエデはニッコリと微笑んだ。

「そうですね。ビルがもう少し大きくなったら参謀として復帰させてもらうのです。国防軍副大将のルドウィン殿や軍師のユリウス殿も王城に居ますし、陛下もビルのことは育児室で預かってくれるとおっしゃっていますですから」

ルビィがここ数年で大きくなった胸をポンと叩いた。

「私が居れば、ハルはどこからでも軍に通えるからね」

たしかに赤竜ルビィが居れば、マグナ領からだろうと王都パルナムからだろうと国防軍に参加できるだろう。カエデはクスクスと笑った。

「領地のことはグレイヴお義父様に任せればいいですし」

「でも貴女たちもビルも王都住まいになるのよね？ お祖父ちゃん淋しがるんじゃ？」

「そうですけど、いざとなればお義母様が抑えてくれますです。……まあ頻繁に王都に訪ねてきそうですけどね、お義父様は……」

そう言ってカエデは苦笑気味に笑った。

父は家族に甘く、母の尻に敷かれるというのはこの国の国民性なのかもしれない。

ナデンとルビィは自分たちの伴侶を思い出し、そう思うのだった。

王都近くにある『ジンジャーの専門学校』が所有している実験農場。

まだ一月なのでなにも植えられておらず、薄らと雪が覆っている畑をモゾモゾと動き回る物体があった。プルンとハリのある表皮ながら不定形に蠢くその生物（？）は、食料不足の際にうどんとして活用された『ゼルリン』だった。

ただし色は普通のゼルリンとは違いピンクがかっている。

名前は『農業ゼルリン』という。

そんな農業ゼルリンがトマトを栽培していた畑をモゾモゾと這い回る様を、王国の農林大臣ポンチョと専門学校長のジンジャーが眺めていた。

「あの農業ゼルリンが連作障害対策になるのですか？　ハイ」

ポンチョの問いかけにジンジャーは頷いた。

「はい。王国の農業の切り札になりうるものです」

連作障害とは農業において同じ土地で同じ作物を作り続けると、作物に起きる障害のことだ。原因は同じ作物を作ることで土中の栄養バランスが崩れることだったり、その作物を好む病原菌やウイルス、虫などの繁殖だったりする。

前者は肥料の調整や土の入れ替えなどで対応できるが、問題は後者だった。ソーマの居た世界では適度に農薬を散布することで菌や虫などの駆除を行っていたが、この世界にはまだそのようなものはなかったからだ。ジンジャーは屈むと畑の土を手に取った。

「三ツ目族の方々が持つ知識の正しさを証明するために、陛下が開発を指示した顕微鏡により、我々の目には見えない微生物や菌といったものの存在が明らかになりました。それらが病を引き起こす原因だということも」

ポンチョもハイハイと頷いた。

「陛下が三ツ目族にしかなかった『衛生』という概念を浸透させましたからな。井戸水で手を洗い、うがいすることの大事さを周知させたことにより、病気にかかる人も減少したようです、ハイ。とくに助産師が清潔に気を配るようになった途端、出産時の妊婦と乳児の死亡率は大きく下がりましたです、ハイ。いやはや、セリィナさんやコマインさんが知らずに出産を迎えていたらと考えると背筋が凍りますです、ハイ」

「それはうちも同じです」

ポンチョとジンジャーは揃って安堵の溜息を吐いた。

もし乳児死亡率が高かった時期に妻たちが出産を迎えていたとしたら、気が気ではなかっただろう。いや、実際はなにも知らないわけだから気付かぬままに、妻や子に死ぬ確率の高いサイコロを振らせていたかもしれない。そう考えると恐ろしい。

ジンジャーは嫌な想像を振り払うように頭（かぶり）を振ると逸（そ）れた話を戻した。

「そんな菌や微生物、そして虫などが原因の連作障害も起こるということがわかってきました。昔から、同じ場所で同じ作物を作ると上手（うま）く育たないということは知られていたようですから、ようやく原因がわかったという感じですが」

「そうですね。農家の方々は原因はわからずとも体感はしていたようです、ハイ」

ポンチョもウンウンと頷いた。

「対策としては土の入れ替えや、年ごとに休耕したり、栽培する作物を変えるなどして、連作障害を引き起こさないよう対応していたようです、ハイ」

この世界でもソーマの世界にあったような輪栽式農業は行われていた。

有名なのは麦類やカブやクローバーを植え替えるイングランドのノーフォーク農業だろう。ただしこの輪栽式農業にはある程度広い土地が必要であり、また年ごとに収穫方法を変える必要があるという問題もあった。それはこの世界においても同じだった。

「本当ならば小さな畑でも、同じ作物を作ることができたほうが、その作物栽培に適した技術を育てることができるでしょう。より実りの多い麦や米、冷害や虫害に強い野菜などが作れるかもしれませんのに、ハイ」

「そうですね。いま王国では多くの赤ん坊が無事に生まれてきています。これから人口は増大していくことでしょう。それに北ではフウガ・ハーンが魔王領奪還事業を行い、人が戻り始めています。食料の需要はますます高まるでしょうね」

「食料生産能力の向上は必須です、ハイ。それゆえの農業ゼルリンなのですな」

ポンチョの言葉にジンジャーは頷くと、農業ゼルリンを指差した。

女性医師ヒルデのような三ツ目族が抗生物質『ミツメディン』を生成する際に原料とするゼルリンの亜種『メディカルゼルリン』のさらに亜種だった。毒素などで汚染された地域にも生息するメディカルゼルリンを品種改良したのが、この農業ゼルリンだった。

「このゼルリンはうちの農業研究チームが三ツ目族の協力のもと改良し、土中の増えすぎた害虫や病原菌を食べるよう調整しています。以前に帝国から製造法を伝授された肥料と組み合わせれば連作障害はかなり抑えられますし、休耕期間も短縮できるでしょう」

この農業ゼルリンは特定の菌や虫を殺すという意味では農薬のような働きをするものだった。ただし液状の農薬に比べて、不定形なれど形を維持しているゼルリンは這いずり回っても飛び散らず土に残ることもない。まだ試験中ではあるが、実った作物を食べても人体に影響は少ないだろうと予測されていて、ソーマは期待していた。

「良いことに聞こえますが、デメリットなどはあるのですか、ハイ」

「……土中の虫や菌をなんでも食べてしまうゼルリンならば簡単に製造できますが、特定の害虫や菌だけを食べるようにするのは難しいそうです。作物によって増えやすい害虫や菌は違いますから、それぞれの作物用のゼルリンを用意しなければなりません」

「う〜む……時間がかかりそうですなぁです、ハイ」

「いまのところ成果が出ているのは最初から実験に使用していたトマト用のゼルリンと、最優先に研究させた麦類用のゼルリンだけですね」

農業ゼルリンはまだまだ研究途中だ。

どうしても保存が利く穀物中心に用意していくことになるだろう。他の作物でも導入されるようになるのはさらに先だ。もどかしい気持ちにはなるが、いずれは食料生産能力が飛躍的に上がるということを夢見て頑張っていくしかない。すると、

「ジンジャー様〜」

少し離れた丘の上で女性が手を振っていた。

ジンジャーの妻でアライグマの獣人族であるサンドリアだった。大きく手を振るサンドリアのお腹(なか)はぽっこりと膨らんでいる。現在は妊娠九ヶ月目だ。

「そろそろお昼にしましょうと、お二人が〜」

「は〜い。サンさん〜」

ジンジャーが手を振り返しながら答えた。

「……それじゃあ戻りましょうか、ポンチョ殿」

「はいです、ハイ」

二人でサンドリアのいるところに戻ると、そこにはサンドリア以外にも二人の女性がい

て、シートの上にパンの入ったバスケットや、挟んで食べる用の野菜やチーズやハムなどを並べていた。ポンチョの妻であるセリィナとコマインだった。

そしてシートの隅には大きめのバスケットが二つあり、中にはまん丸顔の愛らしい赤ん坊が眠っていた。ポンチョは妻二人に尋ねた。

「マリンとマロンは眠ってしまったのですか、ハイ」

「はいアナタ。おっぱい飲んだらぐっすりです」

コマインがニッコリと笑いながら答えた。

マリンとマロンは、セリィナとコマインがそれぞれほぼ同時期に産んだ娘たちだった。誕生日も近いので同じような語感の名前が良いということになって命名したのだ。

どちらもポンチョ譲りの丸顔でまるで双子のようだったが、コマインの産んだマロンのほうがやや赤みがかった肌をしているので見間違えることはなかった。

するとセリィナが頬に手を当てながら溜息を吐いた。

「よく食べてよく眠ってくれるのはいいことなのですが、将来的に旦那様のような体形にならないか少し心配です」

「うっ、だ、大丈夫です、ハイ。二人ともセリィナさんやコマインさん似の美人になると思うのです、ハイ」

「フフフ、大丈夫ですよ、セリィナさん。ポンチョさんだって痩せようと思えば痩せられたわけですし」

　コマインは少し前のげっそりと痩せていた頃のポンチョを思い出したのか、クスクスと笑いながら言った。言われたセリィナもフフフと笑い出した。

「そうですね。いまはもうすっかりもとの体形に戻ってしまわれたわけですし、また減量していただくとしましょうか。フフフ、今度は男の子がほしいですね」

「あ、私も男の子ほしいです。アナタ」

　美人な奥さん二人に良い笑顔で迫られ、以前激痩せした原因を思い出したポンチョは背筋に冷たい汗が流れるのを感じた。

　そんな三人の様子をジンジャーとサンドリアは苦笑交じりに眺めていたのだった。

第二章 ◆ 積み重ねが導く真実

フリードニア王国に空前のベビーブームが訪れて、王家(わがや)もそうだけど他の家々でも新生児のお世話にてんやわんやしている頃のことだ。

ルナリア正教皇国から独立した王国ルナリア正教の大司教ソージ・レスターと、いまはソージの片腕となった元聖女メアリから、俺への面会の依頼が舞い込んできた。

おそらく先日亡命を受け入れた聖女候補たちについての報告があるのだろう。

そう思っていたのだけど、同じく面会依頼者の欄に超科学者(オーバー・サイエンティスト)ジーニャ・M(マクスウェル)・アークスと、付与魔術に精通したハイエルフのメルーラ・メルランの名前もあった。

王国科学技術分野のツートップが宗教関係者と共に面会に来る。

科学と宗教なんて水と油、犬と猿な感じがするけど大丈夫なのだろうか？

とくにメルーラなんてつい最近までルナリア正教では異端の魔女扱いだったしな。

何事かと思った俺はすぐに面会する手筈(てはず)を整えた。

そして依頼が来た日の翌日。俺、ハクヤ、ソージ、メアリ、ジーニャ、メルーラの六名が会議室に集まった。すると挨拶もそこそこにメアリが切り出した。

「まずは聖女候補たちのこと、ご助力いただきありがとうございます。合唱団としての役割を得たことで、ようやく彼女たちも王国での暮らしが落ち着いたようです」

政争の末にルナリア正教皇国から亡命してきた五十名近い聖女候補の少女たち。

できれば彼女たちを引き離さないでほしいというメアリの要望を受け入れる形で、俺はゴスペル合唱団である通称『ルナリア合唱団』を結成させることにしたのだ。

イメージしたのは天使にラブソングを聴かせるシスターさんたちなのだけど、各国の為政者に気に入られるよう教育されてきた聖女候補たちは綺麗(きれい)どころばかりで歌舞の才能もあった。つまりアイドル適性が高かったのだ。

そのため合唱団でありながら歌姫(ローレライ)と似たような人気を獲得するに至っていた。

「国民からの人気も高いと聞いている。でも、役割を得たというのは？」

そう尋ねるとメアリは複雑そうに目を伏せた。

「私もそうでしたが、聖女候補は仕える殿方に従順であり、奉仕することが使命であると教育されてきました。誰かに奉仕する、誰かに必要とされることでようやく居場所を得られるのです。逆に言えば、役割がなければ居場所もないということですが」

「それは……喜んでいいことなのか？」

「聖女候補たちは皆、元は孤児ですからね。誰にも必要とされなければ野垂れ死ぬだけだと本能に刻まれているのです。だからこそ、いまの状況はありがたいです」

小さく微笑(ほほえ)むメアリ。ホッとする反面、ルナリア正教の暗部を見た気がした。本人たちがそれで安息を得られているというのなら、とやかく言うこともないだろう。

「彼女たちが心穏やかに過ごせているならそれでいいさ。ルナリア合唱団には

『範囲回復(エリア・ヒール)』の研究などにも協力してもらっているからな。ソージには光系統魔導士の医療従事希望者を斡旋(あっせん)してもらっているし、持ちつ持たれつだよ」

「まぁ、正教皇国のヤツらはおもしろくないかもしれんがね」

ソージが腕組みをしながら苦笑気味に言った。

「聖女候補たちのこともそうだが、もし例の件を知られたら……」

「……ヒルデたちのことか」

少し前だが我が国の女性医師ヒルデと外科医ブラッドの夫婦が、光系統魔法による病気の治療法を発見した。これは端的に言うならば、高度な医療知識があれば魔法で病を癒やすことも可能になるということだった。

これまで病気を魔法で癒やすことはできないとされてきたが、人体の構造や害を為(な)す虫や菌の存在、そしてそれらがどのような害をどのように為すかを熟知していた場合、光系統魔術で治療を行えるということが発見されたのだ。

ブラッドは光系統魔法を持たない身でも人を救おうと外科医療技術に磨きを掛けてきた人物だ。そして三ツ目族で医療知識があり、また回復系の魔法を使えるヒルデと組んで患者の治療にあたることが多かった。そのことが結果として医療と光系統魔法を緊密に結びつけることになり、一段階上の魔法医療技術として結実したのだ。

まさに歴史を変えるような発見と言えるだろう。

ただし……この技術は素晴らしい反面、政治的には扱いがとても難しい。

たとえば魔法で一部であっても病気を治せるヒルデを、正教皇国は聖女として利用あるいは排斥しようとするかもしれない。教会の権威を支えているものの一つに、教会が神の恩寵（おんちょう）である（と主張する）光系統魔導士を多数保有しているということがある。

ルナリア正教皇国にしても、自分たちが保有している光系統魔導士より上位の魔導士が現れたら、権威を護（まも）るためにも放っておくことはできないだろう。

ヒルデはまず間違いなく狙われることになる。だからこそこの新技術は、一定の魔法医療技術者を確保するまでは、国民のほとんどや同盟国にも秘匿してきたのだ。

「本当にソージには感謝しているよ。多くの光系統魔導士を斡旋してくれて」

俺が感謝の言葉を述べると、ソージは腕組みをしながらニヤリと笑った。

「これまで光系統の回復魔法は神の恩寵とされてきた。だから光系統魔導士には他者を癒やすことに使命感を抱いている者が多い。また回復の魔法を持っているにもかかわらず、病気の患者は癒やせないことに無力感を抱いているヤツらも多かった。そういう者たちは医療技術を学ぶことに抵抗はなかったはずだ」

「おかげさまで順調に数を増やせております」

ハクヤが一礼をしながら言った。

ソージからの斡旋もあって、ブラッドのもとで医療技術を学んだ光系統魔導士は増えつつある。ヒルデを特別扱いさせないためにも、とにかく数を増やしたいので、それぞろ同盟国にも情報を提供しようかとハクヤと調整しているところだった。

まあそのことは今は置いておこう。俺はジーニャとメルーラの方を見た。

「それで？　ジーニャとメルーラはどうしてメアリたちと一緒に来たんだ？　科学者と宗教家って相性悪そうだけど」

「う～ん……それがそうでもないっぽいんだよねぇ。今日はメアリ嬢の持っている知識と、ボクらが持っている知識の摺り合わせをしたくて来たんだ」

「摺り合わせ？」

「私から説明しましょう」

ジーニャに聞き返すと、メルーラがスッと手を挙げた。

「ソーマ殿は私が正教皇国の聖都ユムエンにある本教会に忍び込んで、『月の碑』を盗み見たと言ったことを憶えていますか？　ルナリア正教の総本山の奥深くに安置されていて、ルナリア神からのお告げが浮かび上がるという碑文です」

「ああ……メルーラが異端の魔女として追われていた原因だろう？」

「……」

チラリとメアリを見ると複雑そうな顔をしていた。もうことを荒立てるつもりはないと言ってはいたけど、納得できない部分もあるだろう。

俺は気付かないふりをして話を続けた。

「たしか浮かんでいた文字を見たんだったか。ちょっと待っててくれ……」

俺は席を立ち、一度近くにある政務室へと向かった。

そこにある俺の机の引き出しの中をゴソゴソと捜し、一枚の紙切れを取り出した。

そして会議室へと戻ると、持って来た紙切れをみんなに見えるように置いた。それはメルーラが見たというルナリスに浮かんだ記号のようなものを記したメモだった。

「文字ってこれのことだろう？」

「はい。そして、その文字についてメアリ殿はさらに詳しく憶えているようです。そうですよね？　メアリ殿」

「……はい。たしかこのような文字だったかと……」

メアリは席を立つと備え付けの羽根ペンとインクで、△や□と棒線でできた記号のようなものの下に、新たに三つの文字を書き込んだ。

「なっ!?」

書き足された文字を見て俺は大きく目を瞠ることになった。

『如　律　令』

それは間違いなく俺のかつていた世界の文字だった。

「もしかして、頭にこういう文字がついていなかったか？」

俺はメアリからペンを受け取ると、その三文字の左側に『急急』と書いてみた。

今度はメアリが大きく目を見開いていた。

「っ!?　は、はい。そうです」

「正教皇国ではこの言葉の意味はわかっているのか？」

如律令
如律令

「意味までは……ただし緊急性の高いメッセージにはこの文字が現れるようです」

「なるほど……」

急急　如律令。律令の如く急ぎおこなえ。

意味としては「大至急」とかそういった類いの言葉だ。元は古代中国の公文書の言葉だが、日本人としては陰陽道の言葉としてのほうがなじみ深いだろう。

「急急如律令。俺がかつて居た世界の言葉だ」

「……そうだろうと思ったよ」

ジーニャが含みのある笑い方をした。

「王様がかつていた世界と、ボクらのいるこの世界の連続性。それはこれまでも度々示されてきた。王様の持っている知識は大抵この世界でも通用するし、王様とお妃様の間にはちゃんと子供も生まれている。イチハくんが切り開いた『魔物学』は人類、動植物、魔物の起源を探る上で手がかりとなるような見地をもたらした」

この世界の生物のダンジョン起源説か。

これもまた、まだ公にはされていない情報だけど……確かにな。

「ボクはね、これらの事象は信仰と科学を融合し、王様の世界とボクらの世界を繋ぐものだと思っている。王様だってもう薄々とは感じているはずだ」

ジーニャは珍しく至極真面目な顔で言った。

「おそらく、この世界は王様の居た世界にとっての未来なのだろう。王様の世界には魔法がなく、科学技術が発達していたのだろう？　だとすれば、この世界にある魔法も神秘も、王様の居た時代の科学の先にある産物なのではないかな？」

「………」

「その上でボクは王様に問いたい。この世界の魔法や神秘の大本。根源である物質」

ジーニャは真っ直ぐに俺の目を見て言った。

「魔素とはなんだろうか？」

ジーニャの問いかけに俺は息を呑んだ。

魔素。すべての魔法はこの物質の働きにより発現するものだと言われている。

ただし言われているだけであり、誰もその物質の姿を見たことはない。顕微鏡レベルの視力を持つ三ツ目族ですら、その物質の姿をとらえてはいない。

「……言っただろう？　俺の居た世界に魔法なんてものはなかった。当然、魔素なんてものも存在しない。俺にわかるわけがないだろう」

困惑しながらそう答えたけど、ジーニャは静かに首を横に振った。

「王様の居た時代ではそうなのだろう。しかし、王様の居た時代といまとでは大きな開きがあるように思える。王様の居た時代では実現できなかったとしても、未来には実現できるような、或いは実現するのではないかと予想された技術はないかな？」

「そんなこと言われてもなぁ……」

「一つ一つ、考えてみるといいと思います」

今度はメルーラが言った。

「火・水・風系統の魔法はなにもない空気中に現象を発生させたり、物質に火・水・風を纏（まと）わせたりします。これは空気中にある魔素や物質の表面に付着している魔素が、術者のイメージに反応して現象を起こしていると考えられます」

「ふむ……」

「土系統は土と言っていますが実際は物質の重さを操る魔法です。これは土中に含まれる魔素を操って土地を隆起させたり、物質の重量を操作することができます」

「ボクの土からゴーレムを作り出して操る魔法や、王様の魔法……【生きた騒霊たち（リビング・ポルターガイスツ）】だっけ？　あの人形操作の魔法も似たような仕組みだろうね。まあ王様の場合は意識を分割するみたいなこともやってるからさらに特殊だけど」

ジーニャがフフフと笑いながら言った。まあ、よくわからない魔法という括（くく）りが闇系統魔法だからな。メルーラも頷（うなず）いていた。

「もっと言えば私が得意としている付与魔術も同じでしょう。術式を刻むことによって物体内の魔素を反応させて、武器や防具をより頑丈にさせるなどしています。良い例なのがこの国の初代勇者王が残した装備一式や、帝国の魔装甲兵団でしょう」

ああ、あのやたら頑丈だという勇者の鎧兜（よろいかぶと）（頑丈なだけなので博物館の展示品としてくらいしか利用価値がなかったアレ）と、帝国が所有するという、魔法がほとんど効かない漆黒の鎧に身を包んだ重装パイク兵団か。

あれも装備に含まれる魔素を付与術式で強化されてるわけだ。

するとメルーラはチラリとメアリとソージのほうを見ながら言った。

「そして光系統魔法……所謂（いわゆる）、回復の魔法です」

光系統魔法の名前が出たとき聖職者の眉がピクリと反応した。

「優れた魔導士ならば、切断された腕を元通りくっつけることさえできる回復の魔法。これまでは回復できるのは外傷のみということでしたが、ここに来て一部の病気にも効果が発揮されるということが判明しました」

「……光系統魔法の魔導士が医療知識を持つと一部の病気は癒やせるようになる」

「そうです。これを魔素と絡めて考えてみれば、私たちの体内にも魔素は存在するということになるでしょう。外傷ならば外の空気中に含まれている魔素の働きとも言えますが、体内の場合はそうではないでしょうから」

魔素は空気中だけでなく、物質の中や、生き物の体内にも存在しているということか。体の中で病気と闘う物質……それも抗体や免疫などもともと生き物に備わっているものではなく、外部からの意志によって病気と闘うようになる物質か。

……あれ？　それって……。

「王様、そういう物質になにか心当たりはないかい？」

引っかかりを憶えていると、ジーニャが見透かしたように言った。

「……ナノマシン」

「なのましん？」

「常人の肉眼では見えないほど小さな機械だ。それを体内に注入することによって、病気の箇所を切除したり、治療したりする……というものだったかな？」

「なるほど。ズバリといった感じだね」

「いやいや！　でも実用化されてはいなかったぞ！　将来的には実現するかもしれない技術ってだけで……まだまだ空想の産物のような扱いだった」

「王様……」

ジーニャは人差し指の先で机をトントントンと叩いた。

「ここがその将来なのかもしれないだろう？」

「うっ……」

たしかに。ジーニャは腕組みをしながらフムフムと唸った。

「目に見えないほど小さな機械か。そんなものが世界中や自分の中にあり、魔法という現象を引き起こしていると考えると興味深いね」

「だけど、そんなことは可能なのか？　三ツ目族にすら見えない機械の製作なんて」

「直接関係あるかはわからないけど……王様の奥さんの中に、身体の質量を大きく変えられる人がいるでしょう？」

「あっ、ナデンか」

たしかに竜族は竜形態と人間形態とで身体の質量を大きく変えられる。

聖母竜(マザードラゴン)ティアマト殿にいたってはナデンなどよりもさらに大きな姿と、初老の人間の女性の姿を使い分けていたっけ。質量保存の法則などガン無視の種族だ。

「魔素を生み出した者たちは質量さえも自在にできたのかもしれない。憶測だけどね」

「……」

「ただ魔素が、作られた小さな機械だとすればいろいろと興味深いこともわかってくる。この世界には魔法が使いやすい場所と、使いにくい場所があるよね？」

「使いやすい場所というと……私の故国ですね」

メルーラが言った。彼女の故国はガーラン精霊王国。ここに住まうハイエルフたちは自分たちが扱う魔法が強力なことを、選民思想の理由付けの一つに利用していた。

しかし、そこから外に出たメルーラは魔法の威力が弱まったことから、単にその土地が魔法が強く発現しやすい土地柄だったらしい。

ジーニャはウンウンと頷いた。

「そして逆に魔法が使いにくい場所というと、海だ」

「っ！　なるほど！」

海は何故(なぜ)か水系統以外の魔法が使いにくくなる場所だ。

そのために陸上ではあまり使用される機会がなかった火薬兵器が、海軍や九頭龍(くずりゅう)諸島連合などでは発達することになったという歴史的な経緯がある。魔素＝ナノマシンと考えるならその理由もわかる気がする。機械に海水は天敵なイメージがあるからだ。

「俺の居た世界にあった機械は、精密になるほど海水を苦手としているものも多かった。防水加工をしている機械でも海水はダメというのもあったしな」

「ふむ……もしかしたら魔素にも種類があるのかもしれないね。水系統魔導士が操る魔素は、それこそ水を操るわけだから対策がなされているのかもしれない」

「なるほど」

防塩・防水加工をされたナノマシンのみが使用できた（あるいはそれ以外の魔素には使用制限がかかっていた）というわけか。

「……これは、どんな顔をして聞いていればいいのでしょうか」

メアリが困惑したように呟いた。

「ルナリア正教のみならず、この世界の信仰において、魔法は神の恩寵だと信じられています。……私も、そう信じてきました。それを人が創ったものだとされるのは……」

「ですが、ルナリア正教にも似たような話が伝わっていますよね」

渋い顔をするメアリに、メルーラがそう口を挟んだ。

「ルナリア正教の起こりは、あの月からこの世界へと降り立ち、『月の碑』を持ち込んだ『月の民』が拓いた信仰だと聞きました。もし『月の民』が『月の碑』を創っていたのだとしたら、魔素もまた似たような存在が……あるいはまったく同一の存在によって創られたと見ることもできるのでは？」

「魔素が神の恩寵であるということは変わらない……ということなのでしょうか」

するとメアリはチラリとこちらを見た。

「ならば、神代より前に生きていたソーマ殿は、私たちにとって敬うべき対象ということになるのでしょうか？」

「勘弁してくれ……」

国王や勇者という肩書きも持て余し、重圧に押し潰されそうになることもあった。

その上、現人神（あらひとがみ）のような肩書きまで加わったら面倒を通り越して災難だ。

フウガの大虎王国についたルナリア正教皇国は当然反発するだろうし、マリアたち盟友からも「えっ、神格化するの？」と困惑されるだろう。

俺の家族となる嫁さんたちや子供たちにも悪影響が出そうだしな。

「魔素の起源については推測段階だ。いや、仮に確定したとしても、俺の居た時代と魔素を創った人々の時代には隔絶があるかもしれない。魔素を創った人々を神と崇（あが）めたいなら好きにすれば良いと思うが、俺まで敬う対象に加えないでほしい」

「そうですか……」

メアリは少し残念そうに引き下がった。

するとジーニャが少し重くなった空気を払うようにポンと手を叩いた。

「さて、魔素を考える上でもう一つ重要になってくる要素がある」

「まだあるのか……」

もう割とお腹(なか)いっぱいだし、頭が痛くなってきたんだけど。

ジーニャは「あと一つだけだよ」と笑いながら言った。

「『呪鉱石(カースこうせき)』だよ」

「あの呪われた石……ですか？」

メアリが怪訝(けげん)そうに眉根を寄せた。その鉱石の近くにいると魔法が使えなくなるため、魔法で採掘を行う鉱山労働者たちからは嫌がられ、魔法を神の恩寵と考える宗教家からはそれを受け付けない悪魔の鉱石として忌み嫌われる存在だった。

しかしマクスウェル一族の研究により、実際は魔法のエネルギーを蓄積する働きを持つ鉱石であることがわかったため、我が国では『ススムクン・マークV』のような推進機や穿孔機(ドリル)の動力源として利用している。

するとジーニャは白衣のポケットの中から黒い塊を取りだし、テーブルの上に無造作にカランと転がした。見たことがある。

「呪鉱石(カースこうせき)の結晶か」

ジーニャは頷いた。メアリとソージの目が厳しくなる。

そんな二人の様子など意に介することなくジーニャは話を続けた。

「ボクの一族は長年、この呪鉱石(カースこうせき)について研究してきた。魔法の力を奪い蓄積する性質があると知ったのも、世代を超えた研究の賜物(たまもの)だったといえる。その研究の中で、ボクらはずっと疑問に思っていた。魔法が魔素の働きによるものだとしたら、それから力を奪う呪(カース)鉱石(こうせき)とは一体何なのか……」

「……」

「そして朧気(おぼろげ)ながらこんな風に考えていた。〝魔素から力を奪うことができる呪鉱石(カースこうせき)も、また魔素そのものなのではないか〟とね」

「「「っ!?」」」

呪鉱石(カースこうせき)が魔素……つまりナノマシンの塊?

そう考えた瞬間、頭の中でパズルのピースのように仮説が組み立てられていく。

もし魔素がナノマシンだとしたらエネルギーが必要になる。

それは日光でも風力でも地熱でも……この際未知のエネルギーでもなんでもいい。

機械であるならばそれを蓄える仕組み〝充電機能〟が備わっているはずだ。

エネルギーが受け取れない場面で急に機能停止とならないためにも必須といえる。

もし役目を終えたナノマシンが地面の上に堆積し、一方で、役目を終えたあとでも充電機能だけを残した状態にあるとするならば、それはまさしく呪鉱石(カースこうせき)のような存在になるんじゃないだろうか。エネルギーを蓄えるだけの鉱物に。

(なんてこった……)

こんな仮説を立てられるのは前に居た世界の知識がある俺くらいだろう。

他の者たちはジーニャの説明を聞いてもピンとは来ないはずだ。

　しかし、朧気ながら似たような結論に辿(たど)り着いていたジーニャ、いやマクスウェル一族はおそろしいな。我が国に所属してくれていて良かったと心から思う。

　するとジーニャは俺の方を見つめて言った。

「王様から聞いたナノマシンとやらの存在はとても興味深いね。これから魔法や、呪鉱石(カースこうせき)の研究が飛躍的に進む予感がする。後日もう少し詳しく聞いてみてもいいかな」

「ああ。俺も気になるところだしな。多分、今後は優先的に取り組んでもらうことになるだろう。もちろん国としても支援するつもりだ」

「それはありがたいね。ルゥ兄の財布と胃をいためずに済むよ」

　その場で研究支援を約束すると、ジーニャは微笑(ほほえ)んだ。

（しかし魔素と呪鉱石(カースこうせき)の正体がナノマシンか……）

　なんだろう。この日を境に一気にいろんな物事が動き出す。そんな予感がした。

　魔素の正体という世界の一端が朧気ながら見えて来た日から数日後。
　政務室でリーシア、宰相ハクヤと共に仕事をしているとユリガが訪ねてきた。
「ソーマ殿。ハクヤ先生。お兄様からソーマ殿宛ての書状が届きました」
「フウガから？」

「はい。いつもの近況報告のような私信ではなく、ハーン大虎王国の王フウガ・ハーンから、海洋同盟の盟主であるソーマ・A・エルフリーデンへの正式な書状です」

大層な肩書きから大層な肩書きへの書状。

まあ盟主という肩書きはろくな海軍戦力を持たない共和国の元首クーと、オオヤミズチの件で借りがある九頭龍女王シャボンが俺を立ててくれているに過ぎないのだけど。

もう少し落ち着いたら盟主の座は持ち回りでも良いと思うし。

ただ正式な書状と聞き、リーシアとハクヤの表情が少しだけ険しくなった。きっと俺も似たような顔をしていることだろう。一体なにを言ってくることやら……。

「ユリガはどんな内容か知っているの？」

リーシアが尋ねると、ユリガは「はい」と頷いた。

「そこまで無理難題ではない……と思います」

「そうなの？」

「とりあえず読んでみようか」

ユリガから書状を受け取り目を通す。

そこに書かれていた内容を整理するとこんな感じだ。

『よおソーマ。ユリガ共々元気にしてるか？

俺たちは順調に魔王領を解放中だ。お前からの忠告どおり、あまり北の奥の方まで向かわないように、まずは人類側国家に近い場所を西へ西へと進んで行っている。

大陸の西の海も視野に入ってきたところだ。

マルムキタンは東の海の近くにあるからちょうど大陸を横断しようとしている。

まだ俺たちの国家は解放した都市を点として、点と点を結んだ線のようなものだが、大陸横断を目前にして将兵たちの士気も大いに上がっている。

この勢いのまま少々無理をしてでも西の海岸まで押さえようと思う。

そこでだ。海洋同盟には物資の輸送を頼みたい。本国からの補給物資や、各国からの支援物資を大陸西岸まで持って来てもらいたいんだ。

本国にはすでに物資の準備をさせている。それを海路で運んで来てくれ。

海はお前らが押さえているようなものだしな。

九頭龍諸島連合の近海を通って、帝国へ話を通せば問題なく送れるだろう?

その際に海洋同盟からも〝イロ〟を付けてもらえると助かる』

……とまあこんな感じの内容だった。

リーシアやハクヤにも書状を見せた後で、俺はこめかみに指を当てて唸った。

「夏だから海に行こう、みたいなノリでなに言ってるんだか……」

「……無邪気ね。良い意味でも悪い意味でも」

「その……お兄様がごめんなさい」

俺とリーシアが揃って溜息を吐くと、ユリガは申し訳なさそうに謝った。どうやらユリガも似たようなことを思っていたようで、取り次ぎ役として頭を抱えていた。

すると書状を読んでいたハクヤが口元に手をやりながら思案顔になった。

「内容はともかく……方針としては悪くないですね」

「？　どういうことだ？」

「フウガ殿はその類い希なカリスマ性で人々を束ねています。そして人々の連帯を維持するためには、そのカリスマ性を維持する成果が求められます。『魔王領横断』というのは成果として申し分ないでしょう。そして魔王領の問題に取り組んでいる以上、我々も協力を拒むことはできません」

「人類の敵認定はされたくないしな……」

魔王領解放はこの大陸に住む人々にとっては悲願だ。実際に国を追われた者たちや、いつか国を追われるのではと不安になる者たちの頭に常にある問題だった。

現在、その問題にまともに取り組んでいるように〝見える〟国は大虎王国だけだ。うちや帝国も裏ではいつか来る日に備えているけど、人々の目にはハッキリとは見えないからな。そんなフウガたちの邪魔をしたり、協力を拒むようなことをしたりすれば、人々から大いに顰蹙を買うことになるだろう。それがわかった上でフウガは要請を出してきたのだろう。そしてイロを付けろとまで言ってきたわけだ。そして……。

「協力の見返りもちゃんと用意している……か。用意周到だな」

フウガは書状の最後のほうに協力の見返りとして『物資の搬入に使う西の海岸線にある港の一つを王国に譲渡する』と書いていた。おそらくオオヤミズチ討伐後に九頭龍諸島連合と結んだ海軍基地交換条約を見て、港が俺たちを釣る餌になると思ったのだろう。

陸軍戦力は充実しているハーン大虎王国だけど海軍はほとんど保有していない。

西の海岸ということは帝国領に近いというわけで、帝国がもしこの地に海軍を派遣した場合、海岸一帯を領土として維持するのは難しい。帝国もまた陸軍が主体の国家だが、それでも大虎王国に比べればしっかりとした海軍を保有している。

だからフウガは港に海洋同盟を入れて、帝国を牽制させようとしているのだろう。

本国からは遠い分、帝国ほど危険もないと考えてだ。軽い口調で書かれた書状とは裏腹に、ハシムなどの頭脳班がキチンと精査した計画なのだろう。

「まあ……協力するよりないだろう」

「……よろしいかと」

俺が頬杖を突きながら言うとハクヤも頷いた。

実際に大陸西岸の港は欲しい。

いずれは帝国や共和国とも九頭龍諸島と同じような海軍基地交換条約を結びたいと考えていた。ただ共和国はともかく、帝国とそのような条約を結ぶのは緊密さをアピールしてしまうため現状では悪手だった。だから帝国領以外で西の海岸線に港を持てるのは願ったり叶ったりだ。ユリガが居るから口には出さないけど。

「エクセルに輸送隊を準備するよう伝えてくれ。派遣する艦の選定や規模などは任せる。それと多少の食糧支援も付けてやってくれ」

「承知いたしました」

ハクヤが一礼し部屋を出て行った。それを見送った後でユリガを見た。

「聞いていたとおりだ、ユリガ。フウガにはそのように返事を出そう」

「ありがとうございます。ソーマ殿」

ユリガは安堵したようにホッと胸をなで下ろしていた。

しかし……今回の件は、俺が、フーガの大虎王国、マリアの『人類宣言』に比肩する勢力となった海洋同盟の盟主となったから持ち込まれたもののように思われる。

（これからはこういった案件が持ち込まれることが多くなるかもしれないな……）

そんなことを思い、俺は小さく溜息を吐いた。

そして、その予感はすぐに的中することになる。

第三章 ✦ 使者

この日、俺は玉音の間にて放送を通した会談を行うことになっていた。

いまこの部屋に俺以外の人物は居ない。

べつに機密が漏れることを嫌って余人を排したというわけではなく、むしろ逆で、今日の会談は挨拶程度の意味しかなかったので俺一人で十分だと判断したからだった。

俺は二台の簡易受信機に映る人物たちに語りかけた。

「久しぶり……いや、いまはもうお久しぶりです、というべきか。『共和国元首』のクー殿。それに『九頭龍女王』のシャボン殿」

『ウッキャッキャ！　オイラたちは久しぶりってほどでもないだろう』

簡易受信機に映るクーが笑いながらそう言った。今日の会談相手は共和国元首となったばかりのクーと、九頭龍女王となったシャボンだった。

『あと、どうせ非公開の会談なんだ。これまでどおりの口調でいいんじゃねぇか？　たとえ兄貴がフリードニア王国の国王で、オイラが共和国元首を継いだって言ってもな』

「そりゃそうだけど、最初くらいしっかりしたいだろう？」

『兄貴の前でいまさら取り繕ってもねぇ。なんか首の裏が痒（かゆ）くなるぜ』

『フフフ、仲がよろしいのですね』

シャボンが俺とクーのやり取りを聞いて微笑んでいた。

『私もお二人とは仲良くしたいと思っています。普通に喋っていただいて構いません』

『ウキャ？　そういうシャボン嬢は敬語使ってんじゃ』

『私はこれが素ですから。染みついてるものを変えるのも大変ですし』

『キャキャッ、そういうもんかねぇ』

和やかに会話するクーとシャボン。十分にフレンドリーだと思うけどね。

俺はオホンと一つ咳払いすると仕切り直すことにした。

「それじゃあ……久しぶり。二人とも元気だったか？」

『おうよ！』

『はい。ソーマ殿もお変わりないですか？』

「あー……まあ、家族が増えたこと以外はとくに変わらないよ」

『おっ、おめでとう兄貴』

『おめでとうございます』

「ははは……ありがとう」

俺は照れくさくって頬を掻きながらお礼を言った。

「二人も国を継いだわけだし、そろそろせっつかれてるんじゃないか？」

『そ、それは……そうなんですけど』

『まぁ結婚後には本気出す……って感じでいいかなぁって』

シャボンは恥ずかしそうに、クーは照れくさそうに言った。

意外だな。シャボンはともかく、クーはもっとガツガツ行くかと思っていた。タルもレポリナもクーのことを相当慕っていたし、求められたら拒まないだろう。

結婚まで待っているというのは律儀というか、意外に純情なんだろうか。

『ま、まあオイラたち個人の話はいいんだよ』

クーがやや強引に話を戻した。恥ずかしかったようだ。

『なんたってこれが【海洋同盟】初の本格的な会談なんだからな』

「……そうだな」

フリードニア王国。トルギス共和国。九頭龍諸島連合。

この三国によって結成された【海洋同盟】。

放送越しとはいえ、その三国のトップ同士による会談はこれが初めてだった。

グラン・ケイオス帝国率いる『人類宣言』、そして成長著しいフウガのハーン大虎王国に比肩しうる第三の枠組みだ。とくに海においては最強の勢力と言えるだろう。

ちなみに冬場に海が凍って閉ざされる共和国は、いまのところ部品製造など工業面での参加がメインだけど、クーはいずれ穿孔機(ドリル)開発技術を応用した砕氷船の船団を持ちたいと言っていた。それは共和国において長いこと国是であった不凍港の獲得からの方針転換であり、共和国に新しい風が吹いていると感じられた。

実現すれば冬場でも共和国ルートで帝国と繋(つな)がれるので、我が国としても支援したいと思っている。九頭龍諸島ルートもあるけど交易路は多いほうがいいからな。

「シャボンのほうは？　島主たちを上手くまとめられてる？」

　そう尋ねるとシャボンはニッコリと笑った。

『おかげさまで。オオヤミズチを討伐したあの日から、島主たちは団結の必要性を強く認識したようです。あのような生物は島ごとでどうにかできる範疇を超えていますからね。以前よりも島同士の交流は盛んになっていますし、誠意を持って向かい合えば私の話も聞いてくれます』

「へぇ。それは良い変化だな」

『ええ。ですが、もともと血の気が多い人たちなので、いまも喧嘩程度ならしょっちゅう起きています。これはもうしょうがないので、やり過ぎない程度なら放置しています。仲裁を依頼されれば出向きますけど』

「あはは……それは大変そうだ」

『まったくです』

　シャボンは溜息を吐くとクスクスと笑った。

『ですが、喧嘩のあとは仲良く宴会というのが定番になっているようですし、気を揉むだけ損な感じもしますね。ほら、オオヤミズチ討伐後にひたすら鍋パーティーをしたじゃないですか？』

「……そうだったな。しばらくモツは見たくないくらい食べた」

『あのときから流行りだしたことのようです。「どんなにやり合っても酒と食べ物さえあれば水に流せる」……とか言って。飲んべえの言い訳にしか聞こえませんが』

あの戦いが変な文化を定着させてる!?　九頭龍諸島の人々は逞しいな。

『ホント、兄貴の国と関わると、どこも愉快なことになるよなぁ』

クーが半ば呆れたように言った。

「いやいや、俺のせいみたいに言われても困るんだが……」

『フフフフフ』

シャボンも笑ってるだけで否定してくれなかった。……マジか。

「そういうクーのほうはどうなんだ？　ちゃんと共和国の元首をやれてるのか？」

『おうよ！　親父が大分地ならしをしてくれたみたいだしな』

クーが自信満々そうに胸を叩いた。

『族長会議も世代交代が進んで、各族長もオイラ世代の若いヤツらに変わった。昔つるんでいたような顔見知りも多いし、柔軟な頭を持ってるヤツばかりだからやりやすいぜ』

「……若いなら族長ってイメージでもないんじゃないか？」

『ウッキャッキャ！　違ぇねぇ。最初の議題は会議の名称変更についてだったわ。まぁ結論が出なくてしばらくは族長会議でいいや、って感じになったけどな』

「それでいいのか!?」

少し心配になったけど、クーはあっけらかんと笑っていた。

『良いんだよ、これくらい緩くて。いまさらガチガチに凝り固まった価値観で「北上政策」なんか持ち出されるよかマシだろ。みんな共和国を変えていこうって熱意は十分に持ってるヤツらだしな。だから……大丈夫さ』

「……そうか」

　まあうまくいっているみたいだし、いいか。

『そういう兄貴のとこはどうなんだ？　フウガの国と隣接してるんだろ？』

『大虎王国はなにか言ってきたりするのですか？』

　心配そうな顔をする二人に、俺は首を横に振った。

「いまはなにも……ああ、荷物を海路で輸送してくれってのはあったな。でも、軍事的な挑発行為とか無茶な要求をしてくるとか、そういった動きはないよ」

　フウガが動くとしたらもっと勢力を大きくしてからだろう。アレで用心深い性格だから相手を圧倒的に凌駕(りょうが)したと確信してからでないと動かないはずだ。逆に言えば凌駕したと思った瞬間、襲いかかってくるかもしれないわけなんだけど。

『なにかあったら言ってくれよ。オイラは絶対力になるし』

『私もです。オオヤミズチの恩義がありますから、島主たちも協力してくれるでしょう』

「ありがとう。そのときは頼りにさせてもらうよ」

　頼もしい盟友たちに俺は笑いかけた。と、そこであることを思い出した。

「あっ、でもフウガ関係ではないけど、この前ちょっと面倒なところから使者が来たな」

『面倒なところ？』

『どこからの使者なのですか？』

俺はそのときのことを思い出し、ちょっとムカッ腹が立ってくるのを感じた。それを表に出さないよう抑え込みながら、無理に笑顔を作って吐き捨てるように言った。

「……『ガーラン精霊王国』からだよ」

◇◇◇

——少し前の話だ。


「精霊王国から使者が来てる？」

「はい」

その日、政務室で仕事をしていると、ハクヤにガーラン精霊王国から使者が来ていて目通りを求めていると聞かされた。なんでも使者はすでにパルナムに到着しているらしく、宿で待機しているとのことだった。……ガーラン精霊王国か。

大陸の北西部にある大小二つの島からなるハイエルフの国。

俺は腕組みをしながら椅子の背に身体(からだ)を預けた。

「ずいぶんと急だな……黒猫部隊からはなにか報告は上がっているか？」

「いいえ。なにもありません。なにぶん閉鎖的な国であり、さらに大陸に近い方の島は魔物に占拠されているため、密偵を派遣することもできてはおりません。あの国に関しては情報が全くと言っていいほど入ってきません」

「そんな国が、この国になんの用があって使者を寄越したのだろう。……もしかしてメルーラの件かな？」

考えられることの一つとしてはうちの国が匿っている精霊王国出身のハイエルフ、メルーラ・メルランの存在だ。選民思想の強い精霊王国ではハイエルフが国外に出ることは禁忌とされているらしく、メルーラはそれを破った大罪人という扱いになるらしい。

もしメルーラの引き渡しを要求してきたら厄介だな。

「メルーラには護衛を付けているのか？」

「はい。すでにカゲトラ殿に動いてもらっています。当面は外に出ず、ソージ殿の教会から出ないように言ってあります」

さすがハクヤ。手回しが良い。

「放置しておくのも不穏だな……相手の思惑を確かめるためにもすぐに会おう。そのように手配してもらえるか？」

「はっ。承知いたしました」

こうして精霊王国からの使者との面会が決まった。

さて、鬼が出るか蛇が出るか……。

数日後。精霊王国からの使者と会見する前に、ハクヤから精霊王国に関する報告書を作成してあると聞かされた。なんでもあらかじめメルーラから、彼女が知っている精霊王国に関する情報の聞き取りをしていたらしい。その報告書が別室にあるのでコーボーアームに付与した【生きた騒霊たち(リビング・ポルターガイスツ)】で確認してほしいとのことだった。

出迎える準備をしている間、俺はその報告書に目を通していた。

報告書によればメルーラが出奔する直前の精霊王国は、国王の世代交代が行われた直後だったらしい。いま彼(か)の国を動かしている中心人物は、国王ガルラ・ガーランとその双子の弟にして右腕のゲルラ・ガーランらしい。

兄のガルラは血の気の多い武人肌で、勇ましく強い戦士として有名であり、弟のゲルラは武勇に精通しながらも深謀遠慮を秘めた知将として有名だったとか。

そんな兄弟は帝国のマリア&ジャンヌ姉妹のように、兄が国王として政務をとり仕切り、弟が軍を統括と役割を分担しているそうだ。性格的には逆なんじゃないかと思うが、血の気の多いほうが軍部を預かるよりかはマシか。お家騒動になりそうだし。ただこの情報もメルーラが出奔前のものなので、現在では事情が異なっているかもしれない。

俺は隣の王妃の席に座っているアイーシャのほうを見た。

「アイーシャも妃(きさき)代表としてよろしく頼む」

「は、はい！　お任せ下さい！」

アイーシャは少し緊張した面持ちだったけど頷いた。

今回の面会に当たっては念のために、王妃の席にはリーシアではなく、護衛役としてアイーシャに座って貰うことにした。アイーシャは王妃のティアラを着け、ドレス姿だったが、いざというときのためにと短剣などを仕込んでいた。

ダークエルフ族もエルフ族の一種なので、我が国では異種族を差別していないと示すのにもちょうど良かった。ハイエルフの自主族優位を掲げる彼の国への牽制にもなる。

俺、アイーシャ、宰相ハクヤ、そして念のために呼び出した軍師ユリウスが謁見の間で待っていると、扉が開き、衛士が声を張り上げた。

「精霊王国よりの御使者が参られました！」

現れたのはハクヤのような長身細身で、髪は金色、肌が透き通るように白く、また瞳が赤いエルフの青年だった。ハイエルフは先天性色素欠乏症のような特徴を持っている。ただ他のエルフ族と同じく長命種族なので健康に影響はないようだが。

すると使者は真っ直ぐに背筋を伸ばし、堂々と名乗った。

「お初にお目に掛かる。私は精霊王国国王ガルラ・ガーランの名代として参ったゲルラ・ガーラン。王の名代としてソーマ殿との交渉に参りました」

ゲルラということは軍務を司る王の弟が来たわけだ。

まったくへりくだる様子がなく、むしろ居丈高に見える。そのせいでアイーシャが不機嫌そうだ。その姿も王族であるが故か。

　少しわかりづらいのはガルラを精霊王国国王としたことだ。九頭龍諸島連合の長が九頭龍王であるように、精霊王国の長が『精霊王』……というわけではないらしい。

　ハクヤの用意した報告書によれば、精霊王国はハイエルフを守護する精霊王を信仰している国という意味であり、国王はその精霊王を祀る祭祀長的なポジションではあるものの神格化まではされていないらしい。

　だから精霊王国国王という呼び方になるようだ。

「ソーマ・A・エルフリーデンだ。それでゲルラ殿、なに用があって我が国へ？」

「いまや世界を三分する勢力となった『海洋同盟』、その盟主であるソーマ殿に『父なる島』の奪還を支援していただきたく」

　大小二つの島からなる精霊王国のうち、小さいほうの島をハイエルフたちは『父なる島』と呼んでいるらしい。ちなみに大きい方の島は『母なる島』と呼ばれている。

　ようは父島、母島ってことなんだろうか。ハイエルフが多く住まう大きな島が母であり、小さいながらも祭祀の中心地である島が父という考えのようだ。

　精霊王国は魔王領の拡大と、そこからやってきた魔物たちの襲撃により父なる島を失っていた。あの魔浪のたびにどんどん追いやられていったようだ。いまはどうやら母なる島まで後退して、島の東側の一部は奪われたもののそこで魔物を防いでいるらしい。

「我々は母なる島から魔物を駆逐し、父なる島の奪還を願っています」

「その支援を我々にしろと？」

「我々が苦しめられたのは小さな島伝いに襲い来る空飛ぶ魔物の襲撃です。まるで蝗害のように襲い来る魔物たちに対して、我々は対空戦力が不足していました。所有する飛竜は少なく、また海を嫌うため海上で迎撃もできず、島への侵入を許してしまいました」

ゲルラは悔しげに顔をゆがめていた。ゲルラは続けた。

「しかし、海洋同盟では……いえ、このフリードニア王国では海上でも飛竜を用いることができると聞きました。その海軍戦力でもって九頭龍諸島を襲った巨大な怪物を見事討ち取ったともいるとか。また海軍戦力では帝国や新興のフウガ・ハーンをはるかに凌駕していると聞いています。どうか故郷を取り戻す我らの戦いを海から支援していただきたい、これが主君ガルラの考えです」

「……ガルラ殿の考えはわかった。さて」

ハクヤとユリウスに視線を送ると、二人とも「安請け合いはするな」と目で語っていた。

……そうだな。相手が相手だけに軽々しく頷いて良い問題ではない。

「……随分と虫のいい話だな」

口を開いたのはユリウスだった。高圧的な目でゲルラを睨み付けている。

「艦隊を動かすのだってタダではない。相応に国庫に負担が掛かるものだ。九頭龍諸島連合に救援に赴いたのは、怪物オオヤミズチという脅威がいつこの国を襲うかわからなかったからだ。実利・実益・実状があってこその艦隊派遣だったと言える。しかし精霊王国は遠い。放置したとしてこの国に被害が及ぶことは当面ないだろう」

「っ！　それはっ」

「それに、対魔物の戦いとはいえ目的は失地の回復だろう。言い方は悪いが貴国の不手際によって失われた国土ではないか。なぜ我々が手を貸さねばならないのか疑問だ」

「ぐっ……」

　ユリウスはあえて憎まれ役を買ってくれたようだ。

　ゲルラは苦虫を嚙み潰したような顔になり、ユリウスを睨んでいた。

　ただユリウスの言葉は一国の使者に対しては無礼かもしれないが、言ってること自体は正論でもある。ゲルラも反論はできなかったようだ。

　場の空気がピリピリしてきたところで、ハクヤが口を開いた。

「言い過ぎですよ、ユリウス殿。他国からの使者に対して」

「ふんっ」

「非礼はお詫びします、ゲルラ殿。しかしユリウス殿の言い分もわかっていただきたい。そう簡単に艦隊を派遣することはできないのです」

　ユリウスの非礼を詫びながらも、一方でユリウスの言い分を肯定して畳みかける。

　ここら辺は頭のキレる者同士の阿吽の呼吸だろう。

　ユリウスの窘められて不機嫌な様子も演技のようだし。なんというか……この二人が揃うと若干肝が冷えるな。二人揃うと一個人ではどう足掻いても手の平の上な気がして、ゲルラに同情したくなる。ハクヤは続けた。

「ゲルラ殿。交渉しに来られたというのでしたら、こちらの利となるようなものを提示していただきたく。先日、同じように艦隊による補給物資の輸送を依頼してきたフウガ・ハーン殿は、大陸西海岸の港の一つを我らに譲ると申し出てくださいました。精霊王国にそのような対価を支払えるのでしょうか？」

「……国王陛下からは父なる島奪還のあかつきには、協力の見返りとして三つのことを約束するとのことです。ここに誓書もございます」

ゲルラは懐から書状を取り出した。そしてそれを読み上げた。

「一つ、精霊王国は海洋同盟との交易を認める」

「ほう……」

端的な文言だったけど少し感心した。精霊王国は現在鎖国状態だ。

どこの国とも繋がりがなく、どこの国とも交易を行っていない。

つまりこれは事実上の開国宣言だった。報告書によれば、精霊王国はカレーの材料になりそうな香辛料がよく採れるらしい。交易品としては申し分ないだろう。

「二つ、貴国が匿っているメルーラを赦免し、貴国への帰属を許す」

「………」

メルーラのことは摑んでるってことか。

まあルナリア正教皇国から異端者扱いされてたわけだし、その国と一悶着あったうちの国にいるというアタリは付けてくるだろう。護衛はちゃんと付けてるし、パルナムに居る間は行動を制限していないからな。メルーラはジーニャに並ぶ、うちの技術開発部門のトップだ。付け狙われなくなるならそのほうがいいだろう。

「そして三つ。精霊王国は人類宣言を掲げる帝国や、新興のフウガ・ハーンの勢力には与せず、海洋同盟に参加する」

……そう来たか。面白い提案をしてくるものだ。

もし海洋同盟に精霊王国が加われば、トルギス共和国→フリードニア王国→九頭龍諸島連合→ガーラン精霊王国という海のラインができあがる。大陸を囲むすべての島を征し、帝国や大虎王国を包囲することさえも可能になる。魔王領という不確定要素はあるけど、海岸線ならどこからでも兵を送り込めるわけだからな。

だからもし、海洋同盟が帝国や大虎王国と覇を競い合っている状況ならば、この提案は魅力的に映ったことだろう。ただし我が国は帝国とは協調路線を取っているし、フウガとは衝突を避けるように舵取りをしている。だから心を動かされることもなかった。

俺は溜息を吐くと玉座の肘掛けに頬杖をついた。

「話にならないな」

「なっ!?」

「一つ目の提案は良い。双方にとって利のある提案だろう。しかし、二つ目。メルーラはすでに我が臣下だ。貴国にとやかく言われる筋合いはないし、もし彼女を害そうと試みるならば容赦はしない。ガルラ殿にはそう伝えられよ」

俺が睨むとゲルラも強く睨み返してきた。……怖いけど、踏ん張らないと。

「そして三つ目。貴国の海洋同盟への参加だが……断る」

「なぜです！」

「貴国とは価値観が異なりすぎている」

ガーラン精霊王国は基本的にはエルフ族以外の入国を認めていない。

そのエルフ族の中でもハイエルフを頂点とし、次にライトエルフ&ダークエルフ、見下される地位にハーフエルフと階層が分かれているそうだ。それ以外であの国に居る種族はすべて奴隷という扱いらしい。現在はどうか知らないが、メルーラの居た頃はそういった階級社会がたしかに存在していたようだ。

「国にはそれぞれに成り立ちがあり、歩んできた歴史も、育まれてきた文化も違うということは理解している。しかし貴国は選民思想が強すぎる。そんな国を同盟に加えれば、私が貴国の思想に理解を示したと受け取られかねない。国民たちも反発するだろう。この国においては身分の差はあれど、種族による差別を認めてはいないからな」

俺は立ち上がるとアイーシャの座る席に歩み寄り、ゲルラに見せつけるように彼女の肩に手を置いた。アイーシャもまた俺の手にそっと自分の手を重ねて、愛情の深さを示すようにニッコリと微笑(ほほえ)んだ。ここらへんのやり取りは阿吽の呼吸だった。

俺は悔しそうに唇を噛むゲルラに言った。

「だからこそ、同盟に加わることを認めることはできない。もし貴国が自主族優位の政策をあらためるというのならば快く迎え入れるつもりではあるが……どうなのだ？」

「……………」

言外にお前らには無理だろうと挑発するように言ったが、ゲルラは答えなかった。しばらく重苦しい沈黙の時間が流れた後で、ゲルラは俺をキッと睨むと口を開いた。

「……もしも断られた場合は、同じ話を帝国のマリア殿や大虎王国のフウガ殿に持っていくことになっています」

断るなら他の二勢力と同盟を結ぶぞ、か？……脅しにもなっていない。

「好きにすれば良い。人類宣言も種族による差別を認めていない。マリア殿も私と同じ選択をするはずだ。そして大虎王国のフウガ殿だが……アレを利用するつもりならやめておけ。フウガ殿は一代の傑物だ。利用しようとすれば利用され、使うつもりが使われ、捨てるつもりが捨てられる。なにもかも巻き込んで、すべてを自分の世界に引きずり込む。それがあの男だ。下手に手を出そうものなら火傷じゃすまないぞ」

「……憶えておきましょう」

俺を睨んだままゲルラは言った。これで交渉は決裂だな。

退出を促されたゲルラはサッと踵を返そうとして……一瞬、よろめいた。

「っ」

「ん？　どうした？」

「……なんでもありません。それでは失礼いたす」

ゲルラは今度は肩で風を切るように謁見の間から出て行った。

譲歩もなにもない、ただ要求と対価を伝えただけの会見だった。ああいう自分の正しさを疑わない人物との会話は神経がすり減る。……なんだか、どっと疲れたな。

「ったく、塩まいとけ、塩」

「塩？　ご飯にするんですか？　でしたらご一緒します！」

腹ぺこダークエルフに笑顔で言われ、俺は肩の力が抜けるのを感じるのだった。

そうだな……あんなヤツのことは忘れてみんなでご飯にしよう。

「……とまあ、そんなことがあったんだ」

俺は共和国元首クーと九頭龍女王シャボンに、先日行われたガーラン精霊王国からの使者との会見の様子を語って聞かせた。

話を聞き終えたクーとシャボンは揃って苦笑していた。

『そいつぁ災難だったな、兄貴』

クーにそう言われて俺は肩をすくめた。

「まったくだよ。仕事量は減ってないっていうのに余計な時間を取られた」

『しかし精霊王国の使者……ゲルラだっけ？　聞く感じだと随分と偉そうだな。あそこはいま国土の三分の一くらいは魔物に占拠されてるんだろう？　助けが欲しいなら普通はもっと下手に出るもんなんじゃないか？』

『そうですね。他の勢力との同盟をチラつかせるにしても、それを危険視されるほどの力がいまの精霊王国にあるのでしょうか？　なんだか、ちぐはぐです』

シャボンも首を傾げながら言った。その意見には俺も同意だ。

「交渉経験が圧倒的に不足しているのだろう、というのがハクヤとユリウスの見立てだ。知ってのとおり、国を閉ざしていたわけだからな」

俺は腕組みをしながら二人に言った。

「自国と親交のない国と交渉するとなれば、究極的には高圧的に出て相手の譲歩を引き出そうとするか、下手に出てこちらの譲歩を最小限に抑えるかのどちらかだろう。しかし、ゲルラはそのどちらもできていなかった」

『だから……経験不足だと？』

シャボンの呟きに俺は頷いた。

「他国に助けを求めなくてはならない実状。長い年月に染みついた選民思想。そのせめぎ合いの結果があの態度なのだろう」

『ソーマ殿。それって……』

『……ハンッ、精霊王国の置かれている現状がかなりやばいってことだろう？　他国との交渉を拒絶していたヤツらが、交渉しなければならないほど追い詰められてるってことじゃねぇか』

シャボンは痛ましそうに、クーは吐き捨てるように言った。

二人ともなんとも言えない顔をしている。

それぞれ国の長として思うところがあるのだろう。俺だって同じだ。

「……国王である以上、手を汚さねばならないときがある。泥を被らなければならないときがある。屈辱に耐えなければならないときがある。いざというときそれができなければ……弱い民から死んでいくことになる」

『そうだな』『そのとおりです』

クーもシャボンもハッキリと頷いた。

クーは自国のためにとこの国に学びに来た。他人の目にはまるで人質のように映っただろう。しかし当人はそれを気にせず大いに学び、俺たちが驚くほどの成長を見せた。

シャボンは九頭龍諸島の民のためにと、己が身を差し出す覚悟で敵対国家の王と思われていた俺の前に立ち、頭を下げて助けを懇願した。

俺だって家族を、民を、国を護るために手を汚したし、汚名を被ったこともある。

そういう覚悟がゲルラにはなかったのだ。俺は小さく溜息を吐いた。

(もしゲルラが帝国に行ったとしたら、マリアは辛いだろうな……)

彼女は心根が優しすぎる。人類の共闘を唱える帝国の性質上ゲルラの提案に乗るようなことはないだろうけど、手を差し伸べなかったことで苦しむ人々のことを想像してしまうだろう。俺たちが目を逸らしてしまうようなことでも、彼女は受け止めてしまう。それが彼女が聖女と慕われるゆえんなのだろうけど……キツいだろうな。

（あまり気に病まないといいんだけど……）

あとでハクヤからジャンヌに確認を取ってもらって、必要とあれば王国・帝国トップ会談という名の『女皇の愚痴を聞く会』を設けてもいいかもしれない。

するとシャボンが空気を変えるようにポンと手を叩いた。

『ところで王国・共和国・帝国は三国共同で医療改革を行う同盟を結んだとか』

「えっ……ああ、そうだな」

『九頭龍諸島連合としても医療の充実は図りたいと思っています。その同盟に加えていただき、医療技術を学ばせてはいただけないでしょうか』

少し前から九頭龍諸島連合にも医療制度研究協力の話は持ちかけていた。こういったことの研究は頭数が多い方がいいからな。民間療法とてバカにできない分野であるし、九頭龍諸島で栽培されている作物などの中に特効薬の原料があるかもしれない。友好的な国に対しては情報を開示していく方針だった。

まあ……フウガの勢力に関しては頭を悩ませているところだけど。

「こちらから持ちかけた話だ。もちろん構わないよ」

俺はシャボンに言った。するとクーが首を傾げた。

『ウキャッ、ちなみに九頭龍諸島の医療事情はどうなっているんだ？』

『他国とさほど変わらないと思います。光系統の魔法の使い手たちが外傷の治療に当たっている感じですね。ただ各島ごとの民間信仰が盛んなため、一つの教会が囲い込むようなことは起きてません』

『へぇ～。それなら国が管理しやすいか』

『以前なら厳しいでしょうが、中央集権が進んだいまの状態ならば可能でしょう。あ、病気に関してですが薬草を煎じたものが用いられます。種類は大陸よりも多いかと。それと病気にならないよう身体（からだ）の気を巡らす運動のようなものがあります』

前者は漢方、後者は太極拳とか乾布摩擦とかそんな感じだろうか。

唐と江戸を交ぜたような雰囲気の国だと持っていたけど、医療も若干東洋医学のほうに寄っているようだ。それはそれで興味がある。

「王国からもそちらの医学を調査するチームを派遣したいな。まだこちらが有していない知見などがありそうだし」

『あっ、共和国からも派遣するわ。お土産に医療器具持たせるから』

『ふふっ、お待ちしてます』

こうして王国・帝国・共和国の医療同盟に九頭龍諸島連合も加わることになった。

それから数ヶ月。王国としては実態がわかりはじめていた魔素の研究に注力しつつ、海洋同盟としては三国それぞれ内政を強化し国力の増強に努めていた。大陸の南側の情勢が安定していた一方で、北側のほうでは大きな動きがあったようだ。

まず海洋同盟への参加を断られたゲルラ・ガーラン・グラン・ケイオス帝国へと向かいマリアに謁見したようだ。参加するものが海洋同盟から人類宣言に変わっただけで、会談内容自体は変化していなかったらしい。

自種族優位をあらためないままの人類宣言への参加をマリアが認められるはずもなく、そこでの会見も物別れに終わったらしい。

放送越しのマリアが疲れた表情で語っていた。

『国家として追い詰められ、人々が苦しんでいるのは伝わってきます。ですが……ちゃんと助けを求めてくれなければ、こちらとしても手を差し伸べられません』

やはりマリアとしては歯痒(はがゆ)いようだ。それとフウガの勢力への支援物資運搬の見返りとして、大陸西海岸の港を一つ譲られる件についても苦言を呈せられた。

『私はソーマ殿を信じられますが、下はそうは思わないようです。臣下の中にはフリードニア王国と大虎王国の接近を警戒している者もいます。……最近では、帝国もフウガの勢力に負けないよう魔王領攻略に乗り出すべきだという突き上げが凄(すご)いですし』

「大丈夫なのですか？」

『理知的な者は、廃墟(はいきょ)である魔王領に手を出したところで益がないことはわかっています。しかし益よりも名を取ろうとする者も増えてきています。実際に名によって皆を束ねているフウガ殿に触発されているのでしょう』

フウガの勢力が周辺諸国へ与える影響は日増しに大きくなっているようだ。

……話をゲルラ・ガーランに戻そう。

帝国にも援軍を断られたゲルラは、今度はフウガの大虎王国へと向かい、フウガと会談を行ったようだ。ここでフウガは二つ返事で支援を了承した。ゲルラは役目を果たせたことで安堵(あんど)し、そのまま大虎王国に留(とど)まって精霊王国との繋(つな)ぎ役になったそうだ。

……フウガを知る人物ならば、彼が他人の都合の良いように動く人物ではないことを知っているため、行動に裏があるのではないかと疑っただろう。

しかしゲルラはそのことを知らなかった。

第四章 ◆ 父なる島の戦い

　ゲルラの援軍要請を受けたフウガは、妻のムツミ、腹心のシュウキン、参謀のハシムと『父なる島』奪還に向けての軍議を行っていた。

「此度(こたび)の派兵、本当に俺が出なくて良いのか？」

　フウガが確認するように尋ねるとハシムは手を前に組んで首肯した。

「はい。魔王領から解放した地はまだまだ不安定です。フウガ様不在ではもしものときに対応が遅れてしまいます。ましてや海の向こうに行かれてしまっては、すぐには戻ってこられないでしょう？」

「……まあドゥルガも海は嫌がるしな」

　幾千幾万という魔物の群れの中にすら臆せず突っ込む飛虎ドゥルガだったか、なぜか海は異様に嫌がって近づこうとしないのだ。おそらく飛竜(ワイバーン)が陸地の見えない海を嫌がるのと同じ理由だろうと考えられているが、ドゥルガはまだ世界に一頭だけしか存在を確認されていない個体なので確かなことはわからなかった。

「そういやユリガの報告だと、ソーマのとこは海でも飛竜(ワイバーン)を使えるって話だったな。島みたいな巨大船……だったか？　うちも造って訓練すればドゥルガも海を怖がらなくなるかねぇ」

フウガが冗談めかして言うとハシムは肩をすくめた。

「ご冗談を。こう言っては失礼ですが、虎一頭のためにどれだけの人員と資材と資金をつぎ込むおつもりですか。それに造りたくても造れません。海竜類（シードラゴン）に牽引（けんいん）されることなく鉄の大型船を動かす技術など我々にはありませんから」

「う～む、もちろん冗談のつもりだったが……そう考えるとソーマの国はとんでもない物を造ったものだな」

「……その技術を開発する能力を」

話を聞いていたムツミがポツリと呟いた。

「軍備に回していれば、いまごろは帝国さえも滅ぼしていたのではないでしょうか？」

「私も奥方様に同意です。フリードニア王国……恐ろしい国です」

シュウキンがそう言うと、フウガも「ああ」と頷いた。

「……そうだな。だが、これはアイツの良いところでも悪いところでもあるんだが、野心がなさ過ぎるんだ。将来の大きな幸せを実現させるより、今ある幸せを守り抜こうとする。付き合い方さえ間違えなければこれほど御しやすいヤツもいないが……」

「もし、付き合い方を間違えたら？」

ムツミの問いかけに、フウガはギラついた目でククと笑った。

「アイツほど厄介なヤツもいない」

「なるほど。旦那様が警戒するわけですすね」

「同意します。いまとなっては帝国よりも脅威です」

二人の会話にハシムも頷いた。シュウキンが首を傾げた。

「おや？　ハシム殿も王国を警戒しているのですか？」

「人材が揃いすぎています。私の落ち度でもありますが、東方諸国連合で滅ぼした国の人材が少なからず王国へと流れ込んでいます。ラスタニア王国のユリウスなどですね」

「ああ……お前を後手に回らせた人物か。惜しい人材だったな」

　フウガが唸るとハシムは「まったくです」と頷いた。

「ラスタニア王家の身柄を押さえられれば臣従させることもできたでしょうが……用意周到にかわされてしまいました。そしてソーマ王はそれらの人材を快く迎え入れている。フウガ様に恨みを抱いている者たちですから、好条件を出しても寝返らないでしょう。付けいる隙がないのです」

「だが、ユリウスにとってソーマも仇なのでは？　あいつの父親はソーマとの戦争の中で死んだのではなかったか？」

「フウガ様。自分を傷つける者と、貴方の愛する者……ムツミ妃を傷つける者。どちらにより怒りを感じますか？」

　尋ねられてフウガは瞑目しながら考えた。

「……ムツミだな」

　自分が傷ついたり、殺されたりする姿を想像すると……まあ最悪それも仕方ないかと思えた。所詮自分はそこまでの男だったのだ、運がなかったのだと納得もできるだろう。

だけどもし、ムツミが傷つけられたり、殺されたりすれば、自分は絶対にその相手を許さないだろう。ムツミが受けた倍以上の苦痛を味わわせたいと思ってしまう。

ハシムは「そのとおりです」と首肯した。

「それが人というものなのです」

「親の仇より、妻の国を奪った俺たちのほうが恨みを買っているってことか」

ハシムはもちろん知らないだろうが、マキャベッリも『君主論』の中で「人間は、父親が殺されたことは忘れても、財産や婦女子を奪われた恨みは忘れない（だから君主は人から恐れられるのはいいが、憎まれるこれらの行為は慎むべし）」と説いている。

ソーマのように努めて実践するのではなく、ごく自然にその選択がとれるのだから、ハシムは（誤った印象込みで）天性のマキャベリストであると言えるだろう。

「はい。だからこそ今回の派兵は成功させなくてはなりません」

ハシムは机に拡（ひろ）げられた地図上にある父なる島を指差した。

「精霊王国自体よりも、精霊王国が所有する『父なる島』『母なる島』の二島が海洋同盟の勢力圏に入ることこそ避けなければなりません。フリードニア王国の艦隊に大陸西側の拠点を与えることになりますから」

「だが港を譲渡する約束をしただろう？」

「あそこは陸上戦力でいつでも奪還が可能です。それがわかっているからこそ、ソーマ王もあの港は必要最低限しか整備していません。しかし、海を渡ったさきの別の国に拠点を持たれれば厄介です。なんとしても父なる島は我らの勢力圏に組み込まなくては」

ハシムがそう説明すると、ムツミが口元に手をやりながら首を傾げた。

「ゲルラ殿の人となりから判断するに……ハイエルフの方たちはかなり高慢であると感じました。素直にこちらの意向に従うでしょうか？」

「そのとおりです。だからこそ手を打ちます」

ハシムは精霊王国の本国がある母なる島を指差した。

「知ってのとおり精霊王国ではハイエルフ至上主義を掲げています。そして強すぎる種族格差は必ずや反発を生みます。精霊王国本国には虐げられている他種族や、現状に不満を持っているハイエルフもいることでしょう。父なる島を解放した後はそれら不満を持つ者たちを担ぎ上げ、父なる島で独立させて傀儡（かいらい）国家を造り上げます」

「なるほど。父なる島を精霊王国から切り離して、勢力に組み込むってわけか」

「御意。他種族を虐げるハイエルフなど、解放者たるフウガ様の配下には不要です」

物は言い様だな、とその場に居た三人は思ったが口には出さなかった。

ハシムの献策をまとめると次のような形になる。

一、フウガ軍は精霊王国の手引きで魔物に占拠されていた『父なる島』に上陸。
二、その島の魔物たちを殲滅（せんめつ）し、島を解放する。

三、精霊王国には『母なる島』の東側を脅かしていた魔物たちに攻勢をかけて殲滅してもらい、それが済み次第、『父なる島』の解放に協力してもらう。
四、精霊王国内の不満を持つ者たちを『父なる島』で独立させて傀儡国家を造り、その傀儡国家の支援を名目にこの島を実効支配する。

精霊王国から魔物たちを駆逐し切ったとき、ハイエルフたちは精霊王国は魔物たちを殲滅したフウガを救世主のように思うだろう。そこに付け込む機会がある。

ハシムの狡猾なところは、精霊王国内にいた自種族優位の政策を転換し解放路線を歩もうとしていたハイエルフのグループと結び、彼らを『父なる島』で独立させて傀儡政権とし、侵略者ではないという建前を用意したことだった。先進的な考えを持つメルーラ・メルランが島を飛び出したように、精霊王国内も思想的には一枚岩ではなかった。

しかも実効支配下に置いた『父なる島』ではハイエルフかそうでないかで身分が分かれることのない、言ってしまえば平等な社会体系が創られるため、他国はフウガの行動を批難しづらくなる。選民思想に凝り固まっていた以前の統治と、大虎王国に実効支配されているとはいえ種族の差別がない社会に優劣を付けるのは難しいからだ。

人類宣言の盟主であるマリアであってもなにも言えないはずだ。

当然、この結果に精霊王国側は歯噛みするだろうが、単独でフウガの勢力と戦う力などはない。仮にフウガの勢力が島を離れたとして、再び魔物の襲撃が行われた際に、今度こそ国が滅びかねないという不安もある。それは避けたいはずだ。精霊王国も泣く泣く父なる島の独立を認めることとなるだろう。

　これがハシムの計画だった。

「この援軍には独立させる者を見極める目と政治的な判断力が必要になります」

　ハシムは手を前で組んで拝礼しながら言った。

「申し上げにくいことですが、フウガ様の配下は……」

「わかってる。体力バカが多いよな」

　ハシムが口にしなかったことを、フウガは正しく受け取った。

「御意。この計画を実現させるためには、現地の人々の心を摑めるような知恵があり、良識のある人物を派遣しなくてはなりません。弟のナタのような暴れたいだけの者を派遣するなどは言語道断です」

「だとすると援軍の大将ができるのは……ハシム、シュウキン、モウメイくらいか。だがハシムは他にも仕事を抱えているから居なくなられても困る。モウメイは見た目は大槌を振り回す大男だが、意外と学もあるし良識人だ。ただ見た目がアレなせいで野蛮人と誤解されがちだから、人心を掌握するのには向かないだろう」

　フウガが指折り数えながら言った。フウガ陣営は一騎当千の強者ならば多いが、政治判断ができる知将となる限られてくる。

「ガイフクは海千山千の老将だが俺を庇ったときの傷がまだ癒えていない。カセンは聡明だが若すぎるし、ガテンの伊達男っぷりは好みが分かれるところだろう」

「そうですね。あとは我が妹ヨミの夫にして元レムス王国の国王ロンバルト殿も聡明な方ですが、まだ配下となって日が浅いため将兵が従いにくいでしょう。また誠実であるが故に腹芸は苦手かと。副将に就けるには良いのですが」

「となると……」

二人は同じ人物に視線を送った。

「まあ、私が行くしかないだろう」

シュウキンもわかっていたのかドンと胸を叩いた。

「任せてください。フウガ様の代役、しかと果たしてみせましょう」

「……すまないシュウキン。苦労を掛ける」

「今更ですよ。草原を駆けていたころから苦労は掛けられっぱなしです」

笑って言うシュウキンにフウガもまた笑顔を見せた。ムツミがクスクス笑った。

「男の友情って感じで良いですね」

「茶化すな……それでハシム、援軍にはどれくらいつれていく」

フウガに尋ねられて、ハシムはコクリと頷いた。

「絶対に成功させたいので、全兵力の三割を出して一気に制圧したいところです。副将にロンバルト殿を就けましょう。それと……元ガビ王国国王ビトー殿とその配下の方々にも是非、父なる島へと向かってもらいましょう」

「……あの連中か」

フウガの表情が険しくなった。

ビトーはフウガの暗殺を企てたゴーシュの主君であり、セバル平原の戦いにおいてフウガ陣営に寝返ったことでその罪を不問とされてきた。それ以降はフウガの配下に収まっていたが、フウガたちからすれば信頼を置きづらい相手だった。

ハシムは悪い笑みを浮かべながら言った。

「この戦いでビトー殿とその配下の方々は使い潰しましょう。彼らさえいなくなれば元ガビ王国の精鋭弓兵を自由に使うことができます。我らに信頼されていないことはビトー殿も感じているでしょうから、遮二無二働くでしょうし」

「……まあ因果はめぐるってヤツだな」

そういう暗い策はフウガの好みには反するが、大望を叶えるためには清濁併せ呑むことも必要であると理解しているフウガは受け入れた。

こうしてフウガ軍は精霊王国に軍を派遣することを決めたのだった。

◇◇◇

――この精霊王国への介入が、父なる島はおろか大虎王国や精霊王国、さらには人類宣言や海洋同盟の国々さえも揺り動かすことになる事件の始まりだった。

まずは精霊王国の現状について確認しよう。

ガーラン精霊王国を襲った魔物の種類だが、ほとんどが虫形の魔物だった。

ただし人と同程度、或いはそれより大きなものばかりだったようだ。

虫形の魔物はソーマが召喚されるよりも前に起きた魔浪の際に大量発生したもので、大陸から地図にも載らないような小島伝いにまず父なる島を襲った。

ハイエルフは抵抗したが魔法が強化されるという土地柄もあり、虫形の魔物も身体能力が底上げされ凶暴性が増しているように見えた。ハイエルフたちは劣勢になり、最終的には父なる島を追われることとなった。そして完全に父なる島を制圧したことにより、虫形の魔物はそこに棲みつき、魔浪の沈静化後も数が減ることはなかった。

虫形の魔物にも様々な種類がいたことからおそらく父なる島内で食い合い、生態系のようなものができていたと思われる。そうして虫形の魔物同士で争い合う中、追われた魔物が今度は母なる島へと侵入するようになった。

精霊王国は父なる島を奪われ、母なる島にも魔物の侵入を許してしまっている。

これが現状だった。

そこで今回の奪還作戦はフウガ軍がシュウキンを大将とする精鋭部隊を父なる島へと送り込み、この島にいる魔物たちを片っ端から殲滅する。

それと同時に精霊王国は全力を以て母なる島に侵入していた魔物たちを撃滅し、その後に志願兵を父なる島へと派遣し、フウガ軍に協力する手筈となっていた。

――父なる島・フウガ軍の野営地。

シュウキンと副将に抜擢された元レムス王国のロンバルト、そしてその妻で優れた魔導士のヨミが本陣で、これからの動きについて話し合っていたときのことだ。

本陣に張った天幕の中に伝令兵が駆け込んできた。

「報告！　ビトー殿以下元ガビ王国の一部隊が敵中にて孤立しているとのこと！」

「なんだと！　なぜ突出した！」

ロンバルトが尋ねると伝令兵は平伏しながら答えた。

「はっ。ビトー殿たちが向かったのは、父なる島でもっとも栄えた『ミン』という都市があった場所のようです。軍を駐屯させるのに向いた要所であり、おそらく、自分たちで解放して手柄にしようと勇んだのではないでしょうか」

「くっ……功を焦ったか、あるいはかつての逆心を清算しようとしたか」

「ロン様……」

悔しそうなロンバルトをヨミが心配そうに見ていた。

ロンバルトは黙ったままのシュウキンを見た。

「シュウキン殿。援軍を出しますか？」

「……いや、遠すぎる。もはや間に合わないだろう」

シュウキンは静かに首を横に振った。

参謀のハシムはフウガにビトーたちを使い潰すよう献策していた。

今回のビトーたちの抜け駆けもハシムが関わっているのかもしれない。

たとえば『今回の遠征で功を挙げ、忠義を示せばフウガ様のおぼえもめでたくなり、旧領への復帰も叶うでしょう』『父なる島の中心都市を奪還できればその功は他の追随を許さないものになるでしょう』……などと仄めかして。

(だとすれば……見殺しにするのが私に与えられた役目だ)

気が乗らない役目ではあるが、自分にならば成し遂げられると期待されての大将抜擢なのだ。ならば主君のためにも成し遂げなくてはならない、とシュウキンは思った。

シュウキンは伝令兵に命じた。

「犠牲者を増やさぬためにも援軍は出せない。ビトー殿が率いていた弓兵部隊は一先ず私の指揮下に入ってもらう。諸将にそう伝えよ！」

「はっ」

天幕から駆けだしていった伝令兵を見送ったあとで、シュウキンは溜息を吐いた。そんなシュウキンの溜息の理由を知らぬまま、ロンバルトは彼を慰めた。

「ビトー殿たちの抜け駆けは貴方の責任ではありません。そう気に病まずに」

「……ありがとう。ロンバルト殿」

シュウキンは彼の優しさに若干の後ろめたさを感じながら言った。するとヨミは空気を変えるようにポンと手を叩くと、首元を少し開けて空気を送り込む仕草をした。

「しかし、この国はジメジメとしていますね。故郷の気候とは随分違います」

「……そうですね。この湿気の中だと草原や砂漠の乾いた風が懐かしくなります」

シュウキンも少しだけ笑いながら言った。

するとロンバルトは「ふむ……」と唸(うな)りながら天幕の外のほうを見た。

「鬱蒼(うっそう)と茂る植物、むせ返るような土の香り。異国に来たと痛感します」

「うむ。ここは我らにとっては未知なる地。しかし、ここにフウガ様の威風を吹きわたらせるためにも、絶対に負けるわけにはいかない」

シュウキンがそう言うと、ロンバルトとヨミも頷(うなず)くのだった。

◇◇◇

――一方その頃。

精霊王国の母なる島では、島から魔物を駆逐する戦いが最終局面を迎えつつあった。

「はあああああ！」

その先頭に立って戦うのは、あの日、フリードニア王国をはじめ各国を巡って支援を訴えていた精霊王国国王ガルラの弟ゲルラだった。

ゲルラは岩のような硬い表皮を持つ巨大なダンゴムシのような魔物（魔識法では『ロック・ピルバグ』）に接近すると頭の部分を下から蹴り上げ、比較的柔らかな裏側をレイピアで突き刺した。ロック・ピルバグはしばらく蠢いたのち、活動を停止した。

ゲルラは相手の息の根が止まったことを確認すると無造作に引き抜く。吹き出した黄色い体液が顔に付着するのも厭わず、ゲルラは血振りをしてレイピアを鞘に納めた。

フリードニア王国のダークエルフ族と同じく弓矢などの遠距離武器に特化しているハイエルフ族の中で、近接攻撃を好む者は比較的少ない。

その中でもゲルラの実力はトップクラスだった。

するとブーンという羽音が聞こえ、昆虫で言うところの腹の部分が巻き貝になっている蜂の群れ（魔識法では『スネイル・ビー』）がゲルラに襲いかかろうとした。

「…………」

ゲルラがスッと手を上げた。

次の瞬間、ヒュン、ヒュンと風を切る音とともに飛来した無数の矢がゲルラの頭上を通過し、スネイル・ビーの群れを余すことなく貫いた。

ゲルラの後方に居たハイエルフの精鋭弓兵の一斉射撃だった。

ボトボトと地に落ちるスネイル・ビーを一瞥し、ゲルラは声を張り上げた。

「さあ総仕上げだ！　この母なる島より魔物たちを一掃せよ！」

「「「　おおおおお！　」」」

いままで追い込まれていたハイエルフの将兵たちはその鬱憤を晴らすかのように、ゲルラの檄に発憤し、魔物たちを殲滅していくのだった。

ほどなくして母なる島の魔物殲滅作戦は無事に完了することとなった。

その日の夜。

ゲルラが本陣の中央にある天幕を訪ねると、そこに居たのは床几に座る国王ガルラと、その間に傅いている弓兵用の胸甲を身につけた美しいハイエルフの少女だった。

ガルラはゲルラの姿に気が付くと目を細めた。

双子だけあって二人の顔は瓜二つだった。

ゲルラは少女の隣に同じように傅くと手を前で組んで頭を下げた。

「兄上。母なる島に蔓延る魔物の殲滅、完了いたしました」

「……ゲルラ、大儀だった」

ガルラは立ち上がるとゲルラのもとへと歩み寄り、その労苦を労おうと肩に手を置こうとした。しかし、それをゲルラがすんでの所で制した。

私に触ってはならない、という意思表示だった。

「「　………　」」

その行動を見て、ガルラやそばで見ていた少女は心痛そうな顔をしていた。

ガルラが再び床几に腰を下ろすと、ゲルラは頭を下げて言った。

「母なる島から魔物を殲滅したとしても父なる島の解放がなされないかぎり、魔物はまたやってくるでしょう」

「わかっている。これよりフウガ軍と連携し、父なる島奪還の軍を派遣する。その軍の総大将はエルル、お前だ」

「はい、父上。身命を賭して任務を全うしてみせます」

少女はエルル・ガーラン。ガルラの娘だった。

見た目は十六、七だが長命種族のため実年齢はそれよりははるかに上だった。

ゲルラはそんなエルルを申し訳なさそうに見た。

「すまない。本来ならば私が行くべきだったのだが……」

「……いえ、叔父上は働き過ぎです。もう……お休みになってください」

エルルは悲しげな顔でゲルラに答えた。

この場にいる誰もが理解していたのだ。

この母なる島から魔物を駆逐する戦いが、戦士ゲルラの最後の戦いであったということを。エルルは覚悟を決めるように自分の頬を叩く(たた)と、父王に向かって頭を下げた。

「それでは、父上、叔父上、行ってまいります」

「うむ」

エルルはもう振り返ることなく天幕を出て行った。

彼女が去って行ったのを見届けたあとで、ガルラ王は大きく長い息を吐いた。

「……あの子とは、当分会えぬかもしれん」

「……………」

ゲルラは顔を上げると、元気づけるように笑い飛ばした。

「我らは長命種族。そう簡単には永(なが)の別れとはならないだろう」

「いまのお前が言うのか。……笑えないぞ」

「笑ってくれ。〝渾身(こんしん)〟の冗談だ」

「それも笑えない」

二人っきりの時は双子の兄弟らしく話すのが二人の通例だった。

「父なる島は返ってこないかもしれんか……」

ガルラ王が溜息交じりに言うと、ゲルラは首を横に振った。

「わからん。ただフリードニア王国のソーマや、グラン・ケイオス帝国のマリアのような人の好(よ)さはフウガにはなかった。実力は確かだが、そのぶん野心も大きい。おそらくは……自国の勢力下に組み込むことになるだろう。だからこそ、兄上はエルルを援軍大将として送り込むことにしたのだろう？」

ゲルラに尋ねられてガルラ王は頷いた。

「ああ。彼らが担ぎやすい傀儡(かいらい)としてな。あの子はこの国の中では先進的だ」

選民思想の強いハイエルフ族の中で、エルルは比較的開放的な考えを持っていた。

おそらく研究者メルーラ・メルランの影響だろう。ハイエルフのとくに若い世代の中では、ハイエルフの選民思想と鎖国政策に疑問を持ち、ついには好奇心を抑えきれずに国を飛び出していったメルーラのことを英雄視する風潮があった。

エルルもその一人だった。ガルラ王が言う。

「ハイエルフの選民思想に疑問を持つ者を集めて傀儡政権を造り上げ、父なる島にて独立させる。その旗振り役にピッタリだろう。そして一度勢力下に収めたからには、フウガ軍は父なる島を守る必要性が生じる」

「父なる島とエルル一派が離脱することになっても、母なる島の安寧は守れる……か。エルルはこのことは？」

「ちゃんと理解している。むしろ乗り気なようだ。精霊王国に蔓延る古い楔から解き放たれるわけだしな」

「……本当はガルラが行きたかったんじゃないか？」

ゲルラが悪戯っぽく言うとガルラ王は笑い飛ばした。

「父が健在だったらな。だが、いまは私が国を護らねば」

「……すまんな。苦労をかけて」

「なんの。だから……エルルの言ったとおり、ゲルラももう……」

「ああ。私に〝残る時間〟は好きにやらせてもらう」

ゲルラは立ち上がると、まるで劇の台詞（せりふ）のように大仰に言った。

「王よ。兄上よ。ガルラよ。暇をいただく」

「っ!?　ゲルラ！」

「最後の我（わ）が儘（まま）だ。……いや、最初から最後まで我が儘を言いっぱなしだったな。それももうこれで最後だ。あとのことをすべて任せることになってすまないが……」

「………」

ガルラ王はゲルラの目を見てなにも言えなくなった。

その目は覚悟を決めてしまっている者の目だったからだ。

「……行くのだな、ゲルラ」

「ああ。この命に替えても、この国に最良の結果を導くつもりだ」

「そうか……」

二人はしばらく無言で見つめ合うと頷き合った。

「さらばだ、兄上」

「さらばだ、弟よ」

最後に言葉を交わし、ガルラ王は去りゆくゲルラの背中を見送るのだった。

◇

――それから少しの時間が経った頃。

父なる島では虫形の魔物との戦いが繰り広げられていた。

いまこの島では身体にまったくべつの生物の部位を抱えているなど、見るからに歪さを感じる巨大な虫たちがそれでも器用に飛び回り、また這い回っていた。

多いのは母なる島にもいた腹の部分が巻き貝の蜂の魔物『スネイル・ビー』、亀の甲羅を背負った甲虫の魔物（魔識法では『シェル・ビートル』）、そして胸の部分がスネイル・ビーと同じ貝である蟻の魔物（魔識法では『スネイル・アント』）だった。

すると森の中から大きな煙が上がった。

それは火災による煙ではなく、人為的に起こされた白い煙だった。

同時にドドドドと多くの足音と、ブブブブという数多くの羽音が聞こえてくる。

その様子を森から出てすぐの所に敷いた陣の中から見ていたフウガ軍大将シュウキンは、元ガビ王ビトーの死後、指揮下に置いた元ガビ王国の精鋭弓兵隊に命じた。

「来るぞ……弓隊、魔導士隊用意！」

弓隊が矢を番えキリキリと引き絞り、ヨミが指揮する魔導士隊が遠距離攻撃魔法を放つ準備をする。次の瞬間、煙が漂う森の中から大量の虫の魔物が飛び出してきた。

まずは蜂の魔物が飛び出し、ついで蟻の魔物が這い出してくる。

「放てぇ！」

シュウキンの号令の下、放たれた無数の矢と魔法の攻撃が虫たちに降り注ぎ、羽や頭を打ち抜かれて蜂の魔物たちがバタバタと地上へ落ちる。

次いで外れた矢が蟻の魔物にも降り注ぎ、その数を減らしていった。

「手を止めるな！　ひたすらに射続けるのだ！」

虫の魔物たちは潜伏能力が高く、森に潜まれたら厄介だった。だからまず森の中で虫が嫌がる植物の煙を焚き、いぶされて森から飛び出してきた魔物たちを弓矢で一斉に射貫いていくという作戦だった。

これはもっとも効率的かつ危険度の少ない戦い方だった。

「シュウキン様！　なにか来ます」

森を見張っていた兵士がそう叫んだ。

するとバキバキと木が倒される音がして、森から体高三メートルはあろうかという巨大な甲虫の魔物たちが現れた。シェル・ビートルだ。

「攻撃を集中させろ！　あのデカブツを近づかせるな！」

「ダメです！　矢では歯が立ちません！」

弓兵隊はその魔物にも矢を射かけるが、矢は背中を覆う亀の甲羅に弾かれて傷一つ付けられなかったようだ。あのような背中では普通の甲虫のように空を飛ぶことはできないだろうが、代わりに強靭な防御力を手に入れているようだ。

そんな巨大な甲虫がさながら重戦車のように、矢の雨や魔法の攻撃をものともせずに進撃して陣へと迫ってきた。このまま突撃されれば防護柵など瞬く間に蹴破られて、自軍に甚大な被害が出ることだろう。シュウキンは即座に命じた。

「ロンバルト殿、歩兵隊を率い、スネイル・アントの侵入を阻止してください」

「心得た」

「騎兵隊は私に続け。我々はシェル・ビートルの足を止める」

「「ハッ」」

シュウキンはテムズボックに乗ると剣を掲げ、騎兵隊を率いて魔物の群れに突撃した。スネイル・アントを切り伏せながら進み、シェル・ビートルに接近する。

「狙うはあの細脚だ！」

シュウキンは甲虫の魔物の側面へと回り込むとその脚を剣で切り落とした。前面と上半分の装甲は硬いようだったが、虫らしく細い脚はそこまで頑丈にはできていなかったようで、片側の脚を二本切り落とされた甲虫の魔物はバランスを崩し、ズシンと大きな音を立てながら地に伏した。

「無理にとどめを刺さずとも脚さえ止めれば良い！　どうせ地に伏したらなにもできん！それよりも我らが敵中にいることを忘れるな！」

シュウキンの号令を受けて、彼の率いる騎兵隊は次々にシェル・ビートルの細脚を斬るか、鈍器で叩き折るかして、文字通り足を止めていった。

デカブツの進撃が止まったことを確認してシュウキンは命じた。

「よし！　敵中を突破し、陣へと戻るぞ！」

シュウキンがそう命じたそのときだった。

「うぐっ」

隣に居た騎兵の一人が苦悶の声を上げて馬から落ちた。

見るとその背中には投擲槍のような形状の細長い棘が突き立っていた。

シュウキンが見上げるとそれを放ったであろう蜂の魔物が、大きな複眼でシュウキンたちを捉えながら滞空していた。おそらく腹の先端部から針（というより杭のようだが）を撃ち出したのだろう。

（くっ……厄介な攻撃手段を持っている）

心中で悪態を吐いたとき、蜂の魔物たちが一斉に棘を撃ち出した。

今度はシュウキンたちが一斉射撃される番だった。

「来るぞっ！　防ぎつつ後退！」

シュウキンの命令で騎兵隊は盾で針を防ぎつつ後退した。

いつもならば一斉射を防いだあとは機動力を活かして引き離せるのだが、父なる島は鬱蒼と樹木の茂るジャングル地帯であり、また泥濘地になっているところも多かった。

そのためテムズボックは跳躍が制限され、馬は足を取られて、フウガ軍の持ち味である機動力が発揮できなかった。

「シュウキン殿！　くそっ」

騎兵隊の苦戦を見ていたロンバルト率いる歩兵隊が援護に行こうとするが、陣の守りを放棄するわけにもいかず歯痒い思いをしていた。苦戦する騎兵隊の中でシュウキンがこれは少々マズいかと背中に冷や汗を掻いた、そのときだった。

ヒュン、ヒュン……シュタタッ。

陣とは逆方向から飛来した矢の雨が、騎兵隊を襲っていた蜂の魔物たちを正確に射貫いていった。魔物たちが出てきた森のほうを見ると、木の上に立って弓を構える無数の人々の姿があった。その中の一人が声を張り上げた。

「シュウキン様！　ご無事ですか！」

「っ！　エルル姫か！」

声の主は精霊王国国王ガルラの娘エルル。

木の上の人々は彼女が率いて来たハイエルフの部隊『ガーラン義勇軍』だった。

ガーラン義勇軍は建前上はエルルが血気盛んな若者たちを集めて勝手にフウガ軍の援護にやって来た『押しかけ助太刀部隊』だが、実態は精霊王国から正式に派遣されてきた援軍だった。このような建前と実態を使い分けなければならないところに、精霊王国の閉鎖性の弊害が表れていると言えるだろう。

ただエルル率いるガーラン義勇軍はフウガ軍に非常に協力的だった。森から魔物たちをいぶり出すためのあの煙も、森に潜伏していた彼女たちの仕事だった。

ガーラン義勇軍の斉射で蜂の魔物の数が減ったところで、エルルはシュウキンのもとへと駆け寄った。

「大丈夫ですか!?　シュウキン様」

「ああ……助かりました、エルル姫」

ホッとしたようにシュウキンが言うと、エルルは不満そうに頬を膨らませた。

「むっ、姫ではなく『エルル』と呼んでください。戦場での私は一戦士のつもりです」

「……アハハ、そうだな。助かったよ、エルル」

「ハイ！」

どうやらこのお姫様はかなりのお転婆のようだった。また排他的で有名なハイエルフ族とは思えないくらい人懐っこく、誰に対しても気さくに接せられる性格のようだ。

シュウキンはなんとなく主君の妹君のことを思い出した。もっともあっちはこんなに素直な性格ではなく、口調までツンケンしていたのだが。

「とにかく急ぎ脱出を……危ないっ！」

「えっ？」

気を逸らしていたエルルの隙を突くように蟻の魔物が飛びかかった。

シュウキンはテムズボックから飛び降りると、エルルの腕を引いて位置を入れ替え、剣で蟻の胸と腹の付け根部分を両断した。腹の部分を失った蟻が体液を撒き散らしながらガサゴソと蠢くのを見たシュウキンは、楽にしてやるかのように頭を切り落とした。

その様子をエルルは尊敬の眼差しで見ていた。

「シュウキン様、カッコイイです！」

「……そんなことを言っている場合か」

剣に付いた体液を払って鞘に納めると、シュウキンは溜息交じりに言った。

そして再びテムズボックに騎乗すると、片手でエルルを引っ張り上げて自分の後ろに座らせた。エルルは慌ててシュウキンの腰にしがみつく。

「エルル、しっかり摑まっていてくれよ！」

「はい！」（ギュッ）

テムズボックを走らせながら周囲を見回してみれば、陣に攻め寄せていた虫たちはロンバルトとヨミたちによって防がれ殲滅され、騎兵を囲んでいた虫たちもガーラン義勇軍と騎兵隊の連携によって壊滅させられていた。

「よし！　森に巣くっていた魔物たちはこれで片付いた！　全員、陣まで戻るぞ！」

そう命じると騎兵隊とガーラン義勇軍は陣まで戻っていった。


シュウキンがエルルを連れて陣まで戻ると、ロンバルトとヨミが出迎えた。

「お疲れ様です。囲まれていたときには肝が冷えましたよ」

「本当にご無事で良かったです」

二人の言葉にシュウキンは苦笑すると、先にテムズボックから下りて、エルルが下りるのを補助した。

「危ういところだったが、ガーラン義勇軍に救われたよ」

「盟友の危機に駆けつけるのは当然ですから！」

エヘンと胸を張るエルルに三人は苦笑していた。

「そういうエルル殿も危なかったのでは？」

ヨミが指摘すると、エルルは「うっ」と言葉を詰まらせて視線を泳がせた。

「ちょ、ちょーっと油断しただけです」

「そんなこと言って、姫様はいつも詰めが甘いんですよ」

「すみませんねぇシュウキン殿。姫様のお守りをしてもらって」

「なっ!? 貴方(あなた)たちねぇ！」

一緒に退却してきたハイエルフたちにも言われ、エルルは顔を真っ赤にしていた。そんなガーラン義勇軍のやりとりをシュウキンとロンバルトは微笑(ほほえ)ましそうに見ていた。

「良い娘さんではないですか」

ロンバルトがそう言うとシュウキンは頷(うなず)いた。

「ああ。彼女が率いて来たハイエルフたちも気の良い者ばかりだ」

「ええ。ハイエルフというと高慢で自尊心が強い印象だったのですが……」

「どこにでも異端児やあぶれ者というのはいるのだろう」

ロンバルトはからかった部下を追い回しているエルルを見つめた。

「彼女たちは改革・開放派なのだそうだ。比較的若いハイエルフで構成されているらしい」

「若い、ですか？　エルフ族は見た目じゃ年齢がわかりませんが……」

「発想が柔軟ということなのだろう。閉鎖的な空間の中で外の世界に出て行きたいと考えている者たち、外の事物を取り入れたいと思う者たち、そのためならば自種族優位の政策を撤回しても良いと考えている者たち……そういった、いまの精霊王国で居場所がない者たちを集めたのだとエルルは言っていた」

「その筆頭が現国王の娘ですか。ガルラ王も扱いに困ったでしょうね……ん？　ということは、この援軍部隊は……」

「厄介払い、という面もあるだろうな」

シュウキンは肩をすくめて見せた。

「父なる島を解放できればよし、解放できなくても精霊王国から異分子を隔離できる。最悪、父なる島から帰ってこなくても良いと思っているのではないか？」

「実の娘もいるのにですか？」

「それはわからない。エルルの話では父王との仲は悪くないようだし、見捨てたということもないだろう。エルルの熱意に負けたのかもしれないし、戦いが済んだら連れ戻すつもりなのかもしれない。まあ本当のところはわからないがな」

「立場があるというのも難儀なものですな……」

ロンバルトはしみじみと言った。ただシュウキンはべつなことを考えていた。

(たしかにガーラン義勇軍にとっては難儀な話だが……これは我らにとっては好都合と言えるだろう)

シュウキンはフウガとハシムから、精霊王国にて傀儡(かいらい)政権として担げそうなハイエルフを探すように密命を帯びていた。政治的な判断力はあるものの、根が真(ま)っ直(す)ぐで策謀はあまり好まないシュウキンはこの命令に乗り気ではなかった。

しかしエルルならばその人物として適役なのではないかと思ったのだ。

彼女は改革・開放派で外の世界に興味を持っている。

そして同じような考えを持っているハイエルフたちとも仲が良い。

彼らのためにならば、彼女は傀儡政権の主となることも辞さないだろう。

こちらが丁寧に対応していれば彼女たちが不幸になることもないはずだ。シュウキンとしてもあまり心を痛めずに、担ぐことができる相手だった。

(今夜あたり、じっくり話し合ってみようか。傀儡として立つ気があるのかどうか)


その日の夜。

　フウガ軍の野営陣ではささやかな戦勝の宴が催されていた。

　森に潜んでいた虫形魔物たちを一掃できたことで、周辺地域の安全が確保された。まだまだ父なる島での戦いは続くが、緊張し続けるのも良くない。ここで一息入れておくべきだろう。そう判断したシュウキンの発案によって開かれた宴だった。

「おーおーハイエルフの！　この程度で酔っ払っているのか？」

「なにを言うのですお若いの！　これくらいで酔うわけがないでしょう！」

「若いってなんでぇ～ガキか女みたいな顔してるくせによ～」

「百年も生きてないヤツなど、精霊王国では若造もいいところです」

　そこら中で異種族混成軍であるフウガ軍メンバーと、ガーラン義勇軍のハイエルフたちが肩を並べて酒を酌み交わしていた。共に酒を呷り、共に歌い、ケンカする者たちもいればしみじみ語り合っている者たちもいる。両軍とも気の良い者たちが多いためか、まるで長く戦場を共にしてきた戦友かのように付き合っていた。

　シュウキンもロンバルトやヨミ、そしてエルルというこの軍の首脳陣と焚き火を囲み、酒を酌み交わしていた。エルルは酒気で若干顔を赤くしながらヨミと談笑していた。

「私を庇ってくださったときのシュウキン様がもう本当に格好良くて！」

　エルルは木製のジョッキに入った葡萄酒をプハッと飲み干しながら、

「剣を振るうときの筋肉質な腕！　あれにときめかない女子がいますか！」

と、なぜか筋肉の素晴らしさを誇らしげに語っていた。

シュウキンのことを随分と気に入っているようで、褒めちぎられているシュウキンは若干居心地が悪そうであり、ロンバルトとヨミは苦笑するしかなかった。

「でも、ガーランの戦士も強いのでは？　皆さん頼もしいですし」

ヨミは空になったエルルのジョッキに新しい酒を注ぎながら言った。

するとエルルはジョッキを抱えながら「う〜ん」と首を捻った。

「強いと言えばそうなんですけど、種族的に線の細い人が多いんですよね〜。遠距離攻撃のほうが向いてますし。あっ、べつにゴリゴリのマッチョが好きってわけじゃないんですよ？　ただもう少し健康的でハリのある筋肉が良いというか」

（（この子、もしかして筋肉好き？））

シュウキンたち三人はそんなことを思ったが深くは聞かないことにした。

変に踏み込むとやぶ蛇になりそうだし、なにより、いまは他に聞くべきことがあったからだ。シュウキンが目配せをするとロンバルトとヨミが立ち上がった。

「今日の戦いは疲れました。我々はこれで下がらせてもらおう」

「お先に失礼しますね」

そう言ってロンバルトとヨミは天幕の中へと帰って行った。

「えー、もう行っちゃうんですか？」

エルルは淋しそうな声を出した。周囲では多数の将兵たちがドンチャン騒ぎをしているとはいえ、この焚き火の周りにはシュウキンとエルルだけになった。

エルルは「急に淋しくなりましたね」とぼやいた。

「お二方とも語り合いたかったのですが」

「ロンバルト殿とヨミ殿は夫婦ですから。二人きりの時間も大切なのでしょう」

「ああ、そういう……」

エルルは少しだけ興味がある様子で耳をピコピコと動かしていた。

そんなエルルの様子に苦笑しながら、シュウキンは本題を切り出すことにした。

「ところでエルル姫？」

「むう、また姫呼びですか？」

エルルが不満そうな目をしたが、シュウキンは構わず続けた。

「真面目な話です。貴女(あなた)はこの戦いのあと、どうされるおつもりですか？」

「どう、というのは？」

「父なる島を解放したあとのことです。父君のもとへと戻られますか？」

「う～ん……どうしましょうね～」

エルルは葡萄酒を飲みながら暢気(のんき)な様子で言った。

「私はともかく、私が連れてきた革新派の人たちの帰還を、母なる島の頭の硬い人たちは望んでいないでしょう。今回の義勇軍もいい厄介払いができたとでも思ってそうですし、当面はこの地に留(とど)まるしかないような気がします。革新派の人たちにしてもわざわざ白い目で見られる母なる島に帰りたいとは思わないでしょうし」

そんな重い話をサラッと言うエルルに、シュウキンは目を丸くしていた。

「あの……もしかしてエルル姫もお父上から疎まれていたりするのですか？」

「ん？　父上とは仲が良いですよ」

心配そうに尋ねたシュウキンだったが、エルルはカラカラと笑い飛ばした。

「昔は武断派だったと聞いてますけど、私から見た父上は頭の柔らかい人です。価値観の凝り固まった老人たちよりよっぽど話がわかります。今回の義勇軍にしても、父上は厄介払いしたというより国から解き放ったという印象が強いです。娘の私に率いさせているくらいですからね」

「…………」

シュウキンは話を聞いていてわからなくなった。

シュウキンたちは、ガーラン義勇軍は政策の違いから国を追われた者たちだと思い込んでいた。だからこそ自分たちの勢力に取り込むことも容易だろうと。

しかし、いまの話を聞くかぎりそう単純ではないようだった。少なくとも精霊王国国王ガルラとエルル姫は反目などしていないようだし。

（これは……彼女を取り込んで良いのだろうか？）

シュウキンは迷った。父なる島をガーラン精霊王国から独立させる神輿として、彼女ほど打って付けな人物はいないだろう。

しかし父ガルラとの仲が悪くないなら精霊王国への復帰を望むかもしれない。

またシュウキン個人としては、エルルを自勢力に取り込むことでガルラとの仲を引き裂いてしまうのではと危惧していた。口には出さず、頭の中であれこれと考えていたシュウキンだったが、やがて腹を決めたように手にした酒を一気に飲み干した。

（悩んだところで対案など浮かぶわけもないか……）

自分はムツミやハシムとは違う。駆け引きを行い、権謀術数を駆使できるタイプではないということは、シュウキン自身が一番思い知っていた。

だからこそせめて主君に忠実に、味方に誠実であろうと思った。

誰からも信頼される、もっとも使いやすい駒であろうと。ハシムにしてもシュウキンのこの性格を知った上で、この軍の大将にすることを認めたのだろうし。

「なあ、エルル姫」

「なんですか？」

「改革・開放派は外の世界に興味があると聞いています」

シュウキンは真っ直ぐにエルルを見つめながら言った。

「フウガ様には魔王領解放という大望を果たすため、さらなる国力の強化が求められています。そのためにも父なる島を勢力に組み込みたいとお考えです」

「……そうでしょうね。だからこそ、援軍を派遣してくださったのでしょう？　見返りとして、ガーラン精霊王国はフウガ殿との同盟を結ぶと」

「はい。ですが同時に、ハイエルフは信用ならないと首脳陣は考えています」

「……」

「自種族優位を掲げ、他種族を見下すハイエルフたちが素直に従うはずがない、と。もちろん私はエルル姫たちガーラン義勇軍のような気の良いハイエルフもいるのだということを知りました。しかし、母なる島のハイエルフたちを信用できるかは……」

「別問題でしょうね。無理のないことでしょう」

エルルは静かに答えた。

「それで？　シュウキン様はどうするおつもりですか？」

「……正直に打ち明けましょう。私はフウガ様よりハイエルフの中から現状に不満を持つ者を見つけ、その者を支援して父なる島で独立させて、父なる島を勢力に組み込むよう命ぜられていました」

「傀儡を立てる、ということですか」

「言い方は悪いですが、そのようにとってもらって構いません。ただ、私たちとしては父なる島を信頼できる者に任せたいのです」

シュウキンがそう言いながらエルルの顔色をうかがうと、彼女はクスリと笑った。

「シュウキン様って嘘がつけないんですね。人生損が多そうです」

「……そういう性分なんです」

「好ましいと思いますよ？　それで、立てる人物は見つかったのですか？」

「私はエルル姫こそふさわしいと思っています」

シュウキンは真っ直ぐにエルルの目を見つめながら言った。

「貴女は伝統的な自種族優位のハイエルフの思想に染まっていない。異種族混成軍である我らの軍の誰とも分け隔てなく接することができる。そして外の世界、外の事物に興味津々だ。貴女ならば大陸と精霊王国とを結ぶ架け橋となれるでしょう」

「……買いかぶりすぎじゃないですか？」

「嘘がつけない性分だと言ったでしょう。これが私の本心です」

シュウキンはエルルの目を真っ直ぐに見つめながら言った。

「これは悪い話ではないはずです。母なる島の改革・開放派は義勇軍だけではないでしょう？　エルル姫が立ってくれるなら、まだ母なる島に残っている改革・開放派を受け入れることもできましょう。話を聞くかぎり肩身が狭い思いをしているようですし、この父なる島へと招き、精霊王国全体の空気の緩和を待つというのはどうでしょうか」

「………」

エルルはしばらく黙っていたが、やがて口を開いた。

「ハイエルフの自種族優位は、かつて大陸で虐げられた同朋たちの悲しき歴史が生み出したものだと聞いています」

「………」

「……精霊王国本国から切り離された父なる島の力は微々たるものです。その間、シュウキン様たちは我らを守ってくださるのでしょうか？　所属を変えた途端、私たちが虐げられるといったことにはならないのでしょうか？」

エルルが厳しい目でそう尋ねると、シュウキンは手を前に組んで言った。

「この命に替えても、エルル姫とハイエルフの開放派の方々を護ると誓います。もしフウガ様がハイエルフ族を粗略に扱うようなら、この命をもって諫めましょう。私が精霊王国の悪しき慣習からも、政治的な悪意からも、魔王領からの脅威からも、エルル姫たちを護る盾となります」

真っ直ぐにそう言って頭を下げるシュウキン。そんな彼にエルルは、

「はい。わかりました」

と、あっさりと答えた。これにはシュウキンも面食らった。

「えっ、そんな簡単に……」

「簡単じゃありませんよ？　結構考えた上での決断です」

エルルはクスクスと笑いながら言った。

「もともと似たような考えを持っていたってこともあるんですけどね。シュウキン様は信用できますし、この話に乗るべきだと思ったんです」

「は、はあ……」

拍子抜けした様子のシュウキンに、エルルは小さく溜息を吐きながら言った。

「……いまの精霊王国の置かれている状況は、外から見るよりも悪いのです。自分たちだけで問題を解決できる能力もないのに……国を閉ざすなど愚の骨頂です」

「それは……母なる島に上陸した魔物たちのことですか？」

「……それだけではないのです」

エルルは自嘲気味に笑いながら言った。シュウキンは戸惑った。

「それは一体……」

「いまはまだ……たしかなことは言えません。母なる島で起きている問題です。父なる島にまで影響が及んでいるかどうか……いまの時点ではわかりませんから」

シュウキンが尋ねても、エルルは答えようとしなかった。気にはなったものの、目的は果たせるのだから敢えて不興を買うこともないだろうと深く追求はしなかった。

そしてその夜は一つの密約の成立と共に更けていった。

それからしばらく後、フウガ軍とガーラン義勇軍は父なる島の解放に成功した。
そしてフウガのもとにシュウキンから『父なる島がエルルのもとに独立し、フウガの勢力の傘下に入った』という報告がもたらされたとき、ちょうどフウガのもとをゲルラ・ガーランが訪ねていた。
「……と、いうわけだ」
謁見の間でフウガは、眼下に膝を突くゲルラに事の次第を伝えたのだった。

すべての話を聞いたゲルラはフウガやハシムを睨んでいた。

そんなゲルラにフウガは尋ねた。

「このような結果になったことを怒っているのか？」

「……無論」

「ま、お前たちは頼る相手を間違えたってことだ」

フウガは突き放すように言った。

「いや、ある意味正解だったのかもな。父なる島とエルル姫たちハイエルフのことは任せてもらおう。シュウキンからの嘆願も届いているし、俺たちに歩調を合わせるかぎり粗略には扱わんよ」

「……失礼する」

ゲルラは立ち上がると、フウガのもとをあとにした。

フウガは苛立たしげに去って行くゲルラの背中をとくに感慨もなく見送った。

一方、ゲルラはたしかに怒っていた。苛立っていた。

しかし、それはフウガたちにではなく自分自身にだった。

（……なんと不甲斐ないのだ。私は……私たちが後生大事に守ってきたものは……）

――父なる島でシュウキンが倒れたという報告がフウガのもとにもたらされるのは、それからしばらく後のことだった。

第五章 ✦ 精霊王の呪い

フウガが精霊王国の父なる島を勢力下に置いてしばらく経った頃。

王都で政務を行っていた俺のもとに、ハクヤの口から一つの報告がもたらされた。

「精霊王の呪い？」

「はい。フウガ殿より譲られた港に滞在中の黒猫部隊員からの報告です」

フウガの軍勢に支援を届ける対価として譲られた港だけど、最低限の補給基地としてしか整備はしていなかった。あまり整備しすぎてもあの港は王国からは遠く、なにかあってもすぐには艦隊を到着させられない。もしフウガが約束を反故にして、接収しようと軍を派遣してきたとしても守り抜くことができないのだ。

そのためこの港は、いつ失うかわからない拠点ということを折り込み済みでの整備に止めていた。ただし連絡役として黒猫部隊を配置していたのだ。

ハクヤは報告書を読みながら言った。

「どうも精霊王国の父なる島、そしてその島に近い大虎王国の領土で『精霊王の呪い』なるものが流行っていると噂になっているようです。なんでも該当地帯に住む者が次々と原因不明の病に倒れていて、死者も多数出ているとか」

「病……なんらかの流行病でも発生したのか？」

「目下情報を集めているところです。ただ、大陸にその病が入ってきたのがフウガ殿の父なる島制圧と時期を同じくしていることから、父なる島を勢力下に置いたフウガ・ハーンに対して精霊王が怒り、呪いを振りまいたのだと話題になっているようです」

「呪いの話はどうでもいい。大事なのは病が現に存在していることだ」

呪いと噂されるほどの病の発生。俺は政務机に肘を突いて頭を抱えた。

前に居た世界で見聞きした様々な流行病と、その被害の情報が脳裏をよぎる。

黒死病やスペイン風邪のような、かつては恐怖として歴史に刻まれた病。

俺が居た時代に流行した様々なウイルス性の病。

その被害も、被害を拡大させないことの難しさもよく知っている。

「……まだうちの港にはその呪いは届いていないんだな？」

「はい。本当に精霊王の呪いならば、冒されるのは父なる島を奪ったフウガ軍のみだろうという楽観論もあります」

「呪いならな。だけど病だとしたら国も種属も選んだりしない」

とにかく、すぐに行動を起こさなくては。

「港には最低限の連絡要員を残し、それ以外の人員を即刻帰国させろ。それと現地で集積した物資は持ち帰りを禁じる。余剰分はフウガにでもくれてやれ」

「それでは……拠点を放棄するのと同じです」

「もともと使い勝手の悪い拠点だ。整備分の元はとれていないけど、病を国に持ち込む経路は遮断したい」

「まだ病がどれほどのものかもわかっていないのですが、構いませんね？」

　ハクヤは確認するように聞いた。おそらくハクヤも同意見なのだろうけど、最終的な俺の意思を確認したかったのだろう。俺は大きく頷いた。

「杞憂に終わってくれるならそれが一番良い。臆病すぎだと笑われたって良い。だけど、一番問題なのは楽観視して、事態が取り返しの付かない状況に陥るまで放置することだ。手をこまねいていて後悔しても遅いんだ」

「承知しました。そのように手配します。他には？」

　一礼するハクヤに俺は矢継ぎ早に指示を飛ばした。

「まずは医者のヒルデとブラッドを呼んでくれ。予想される病気の割り出しや対処法など聞きたいことは山ほどある。とくに消毒薬を撒いていたほど潔癖症のヒルデの知識が防疫には役に立つはずだ。しばらく城に常駐して相談役になってもらいたい」

「御意」

「帝国のマリア殿、共和国のクー、九頭龍諸島連合のシャボンとは放送を通じて会談を行う。放送会談ができない竜騎士王国にはシィル王女に来てもらう。それぞれセッティングしてくれ。ヒルデとブラッドの意見を聞きながら、俺の口から直接危険性を訴える。場合によっては一部ルートでの人や物資の移動を制限しなくてはならないからな」

「なるほど。他の国に対しては？」

「帝国の勢力圏はマリア殿が、ルナリア正教皇国は盟友のフウガが対処するだろう。星竜連峰はティアマト殿がいるから大丈夫そうだし……残るは傭兵国家ゼムか。こちらの意見に耳を傾けてくれるかどうかは不明だが、注意するよう書簡だけでも送っておこう」

「はっ、よろしいかと」

「あ、それとユリガを呼び出してくれ。フウガに事実確認の連絡がしたい」

「御意」

こうして王城内は精霊王の呪いに関する情報収集のため慌ただしく動き出した。

ただし、国民たちが無用な混乱に陥らないように、事実が確定するまで当面の間はこの情報を伏せておくことを決めた。下手すれば種族間対立に発展しかねないからな。

(杞憂に終わる……なんて期待するべきじゃないな)

またしばらく仕事に忙殺される予感に、俺は溜息を吐いた。

◇◇◇

それから少しの刻が経った七月某日。政務室にユリガが訪ねてきた。

「ソーマ殿、お兄様から簡易受信機が届いたわ」

「っ!……来たか」

俺は書類仕事を切り上げた。

これより少し前、俺はフウガに放送会談用の簡易受信機を送っていた。

フウガが勢力を拡大する過程で、いくつかの宝珠を手に入れたということをユリガ経由で聞いていたから、放送会談が行えるような環境作りを提案していたのだ。

あの男の場合、意思確認に手間取っている間に、とんでもないことをしでかしそうだからな。なんとしても交渉のチャンネルが欲しかった。

こちらからはすでに簡易受信機を送っていたので、あとは向こうからの受信機が届けられるのを待っている状態だった。それが届けられたことにより、ようやく放送会談が可能になった。俺は椅子から立ち上がって指示を出した。

「ハクヤ、至急ヒルデとブラッドに連絡を」

「承知いたしました」

「フウガとの初めての放送会談だし、リーシアは同席させるとして……ユリガ、キミも同席してくれ」

「わかったわ」

こうして俺は早速会談の場を設けることにした。

同席するのは、リーシア、ハクヤ、ヒルデ、ブラッド、そしてユリガの五名だ。簡易受信機にフウガの姿が映ると、背後には参謀のハシムと妃(きさき)のムツミの姿があった。

「この人がフウガ・ハーン……」

リーシアが呟(つぶや)くように言った。そういえば顔を見るのは初めてか。

あとで初対面の印象を聞いてみたいものだ。

俺たちは軽く自己紹介を済ませたあとで早速会談に入った。まず俺が口を開いた。

「まずは父なる島の解放、おめでとう……と、言うべきなんだろうか」

『ハハハ……ありがとう、って言うべきかもわからんな』

フウガは苦笑気味に言った。言葉からは少し疲れのようなものが感じられた。

『傲慢なハイエルフを利用して勢力を拡大させるつもりだったんだが……結果だけを視れば貧乏くじを引かされた形だ』

「……精霊王の呪い、だったか？」

『呪いじゃない、病気だ。未知のな』

フウガは吐き捨てるように言った。

『「父なる島に手を出したから、精霊王の怒りを買ったのだ」って噂が流れているが、大虎王国の庇護下に入ったハイエルフの話じゃ、病は俺たちの軍が攻め入る前、母なる島のほうでも発生していたようだ。向こうもかなり深刻らしい』

……やっぱり流行病だったか。フウガは肩を落としながら溜息を吐いた。

『あの島がそんなことになってるって知っていたら手を出さなかったさ。あのハイエルフ……ゲルラ・ガーランだったか？　ソーマのとこや帝国にも同じ話を持っていってたんだろう？　お前らはこの情報を掴んでいたから断ったのか？』

「まさか。選民思想の国という火中の栗を拾いたくなかっただけだ」

『ハハハ、変な言い回しだが言い得て妙だな』

「帝国だって同じだろう」

『やられたよな。ゲルラ・ガーランが本当にどうにかして欲しかったのは父なる島の解放よりもむしろ、この病気への対処だったのかもしれん』

「そのゲルラは？　まだフウガのところにいるのか？」

『いいや、俺たちが父なる島を勢力下に収めると、怒って去って行った。母なる島に帰ったのだろうと捨て置いたが……あの野郎め』

　フウガは悔しそうに歯を食いしばっていた。

　人を駆り立て踊らせるのが上手いフウガだが、今回ばかりは上手く踊らされたようだ。時代の寵児であってもすべてが思いどおりに行くというわけではないのだろう。

「フウガ、お前は大丈夫なのか？　父なる島に行ったんじゃ？」

『……いや、俺は父なる島に行かなかった。相棒が海を嫌がるんでな。戦力も拡充できてきたし、俺がわざわざ出向くまでもないとのことだったので、島への派遣部隊は腹心のシュウキンに任せていた』

　シュウキンというと、フウガの右腕の将で幼馴染みだったか。

　派遣部隊を率いたのが友であり右腕のシュウキン。

　それと島に行ったわけではないのにフウガの少し疲れた様子。

　これらのことから俺は察するものがあった。

「もしかして……シュウキンが？」

『……ああ。その呪いとやらにかかったようだ』

「そんなっ！」

背後から上がった声に振り返ると、ユリガが口元を押さえていた。

酷(ひど)くショックを受けていたようだ。リーシアが心配そうに彼女の肩を支えていた。

すると放送越しのフウガが力なく首を横に振った。

『俺とユリガはシュウキンとは兄弟同然の仲だったからな。ユリガにとってはもう一人の兄のようなものだ』

もう一人の兄……家族同然ということか。

「容態は……悪いのか？」

『いや、まだ大丈夫だ。あくまでも……いまのところは』

「つまり、徐々に悪くなっていくと？」

『そういう病気のようだ。だからこそ、ソーマの国の知恵を借りたい』

フウガは真面目な顔になって言った。

『お前の国の医療が他の国々と比べてもずば抜けて発達しているというのはユリガから聞いている。この呪いへの対処の仕方を教えて欲しい。可能ならば治療法も』

「……もとより、放置して良い問題ではないからな。いつこの国にも入ってくるかわからないし、協力は惜しまないよ。だけど、こちらには情報がないんだ。対処の仕方や治療法を探るためにも、精霊王の呪いに対して、現時点でわかっていることを教えてくれ」

『もちろんだ』

　俺たちはフウガの口から『精霊王の呪い』という病について聞くことになる。

『シュウキンが寄越した報告書によると……父なる島へと派遣した者たちの中から、しばらくして倦怠感を訴えるヤツが現れたそうだ。最初は慣れぬ環境で体調を崩しただけかと思っていたんだが……日に日に症状は悪化していったようだ』

　フウガは意気消沈している様子で語った。

『あまりにも人数が増えてきたことから、これはおかしいと判断したシュウキンは、協力していたハイエルフに相談した。そこで……病の存在を知ったらしい』

「……」

『最初は倦怠感からはじまり、次第に様々な症状が現れ、やがては死に至る病であると。それを聞いたころに、シュウキンも自分が感染していることに気付いたようだ。原因はわからないが……とにかくこれ以上、増援は送らないようにと言ってきた。俺には絶対にこの地に来てはいけない、とな』

　辛そうに語るフウガ。親友兼右腕がそんなことになっているのだから当然か。

「……まず確認したいのはその病の感染力についてだ」

　俺は真っ先に確認すべきことであり、真っ先に知りたかったことを尋ねた。

「流行っていると言うからには、その病は人に伝染するんだろう？　どれくらい早く感染するんだ？　患者と同じ生活空間にいる家族や、患者の治療に当たった者もすぐに感染するのだろうか？」

俺は前に居た世界の季節性インフルエンザを想像していた。

インフルエンザは一家に一人でも感染者が出ると、すぐに家族にも伝染した。祖父ちゃん祖母ちゃんと暮らしていたころは注意するよう言われていたっけ。

するとフウガはムツミやハシムと顔を見合わせた。

二人が首を横に振ると、フウガは力なく肩を落とした。

『……わからない』

「はい？」

『どれくらいうつるのかと聞かれてもわからない。そもそも俺たちはこの病気に〝どうすると罹るのか〟すらわかっていないんだ』

「……どういうことなんだ？」

実際に流行ってるんじゃなかったのか？　なんか頭が混乱してきた。

「『精霊王の呪い』なる病に罹ったヤツは多いんだよな？」

『ああ』

「それなのに、どうして罹ったのかもわからない？」

『そのとおりだ』

「……本当にどういうことだ？」

「あー、口を挟んで良いかな、王様」

　するとヒルデが進み出てきて俺の隣に立った。

「こんな事態だ。彼の御仁と直接やり取りをして構わないかい？　王様と相手の王様とでは病気に関する知識量が違うようだし、あたしが訊いたほうが早いだろう」

「あ、ああ。もちろん許可する」

「了解。……あー、他国の王様、あたしは医者のヒルデだ。質問に答えてくれるかい？」

　ヒルデが尋ねるとフウガは大きく頷いた。

『ああ、もちろんだ。なんでも聞いてくれ』

「それじゃあ遠慮なく。まず病気が人にうつるにはいくつかの経路がある。流行病に多いのは人から人への感染だ。患者の居る部屋で同じ空気を吸っていたり、患者と話していてツバが飛んだときなんかに感染したりする。その病気は人から人にうつるのかい？」

『……わからない』

「ふむ……患者の治療に当たっている者はいるだろう？　うちみたいに医者を揃えてはいないだろうけど、光系統の魔導士や、救護班が患者の世話をしているはずだ。そういった者の中に感染者は出たのだろうか？」

『いや……そういう報告は来ていないな』

　医療従事者……と言って良いのかわからないけど、そこへの感染はないのか？

「患者の家族への感染は？」

『それも確認されていない』

「うん？　う～ん……」

ヒルデは深く考え込んでいるようだった。

「……確認だけど、その病気は本当に流行っているんだよね？」

『ああ。父なる島に送った部隊のうち、二から三割程度の兵たちに病の兆候が見られるそうだ』

「兵たち？　市井の民たちへの感染は？」

『……そこが呪いと呼ばれる所以なんだ』

フウガは『本当にわけがわからん』と頭をガシガシと掻いた。

『この病に罹る者の九割以上が軍属なんだ。それも後方の支援部隊には影響がほとんどなく、罹ったのはもっぱら戦闘を行った者たちだった。そのせいか、口さがない者は父なる島を侵した者への神罰だ呪いだと騒ぎ立てている』

軍人のみに罹る病か。俺は少し気になることがあった。

「フウガ、お前たちは父なる島に開放的なハイエルフの自治領を造ったんだよな？　その患者の九割以上が軍属というのは、ハイエルフの自治領でも同じなのか？　種族や性別の違いなどは関係なく？」

『ああ、そのようだ。もっと言えば母なる島の方で流行っていた病も同じようで、向こうでもやはり戦士が罹る病って認識だったみたいだ』

「精霊王国でもか……」

「王様」

ヒルデがこっちを向いて言った。

「現時点で推測できるのは、この病は空気感染でも飛沫感染でもなさそうだということだよ。患者数に対して感染力が見合っていないからねぇ」

「……そうだな。同じ空間に居ても感染しないようだ」

話を聞いていたブラッドも同意していた。俺は首を捻った。

「つまり人から人への感染はない？」

「接触感染や体液感染などの線は捨てきれないけど……短期間で大量の感染者が出ているしねぇ。患者を診たわけではないから断言はできないけど、人から人にうつるものではなさそうだ。それでいてこの感染者数となると……原因はべつにある気がする。なんらかの外的要因が」

「水か、食料などが原因ということは？」

話を聞いていたブラッドが尋ねると、ヒルデは「う〜ん」と唸った。

「戦士ばかりが感染するというのが気になるところだね。戦士たちと後方支援部隊とで水や糧食を分けていたとは考えにくいだろう。その上で後方支援部隊のほうにはほとんど罹患者がいないとなると、食べ物は要因としては弱いように思える」

そんな二人の会話を聞いていて、俺はふと思ったことがあった。

「なぁフウガ。派遣部隊は魔物の食料利用はしたのか？」

『ん？　いいや。糧食は十分に持たせていたからな。よほど追い詰められる事態にでもならないかぎりは利用しないと思うぞ。お前からもらった『魔物事典』にも魔物の食料利用には細心の注意を払うようにと書いてあったしな』

「それじゃあ魔物を食べての食中毒とかそういうのでもないのか……」

　ジャンヌが魔物を食べたという話を思い出したので、魔物による食中毒なのではないかと思ったのだ。前線に出る剛毅な戦士なら食べてみようと思うかもしれないし、後方支援部隊は無理して食べようとはしないだろうと思ったのだ。しかしフウガの言うとおり魔物の食料利用がなかったとすると、それも違うということだろう。

　だとすると、余計にわからないな。すると、

「魔物……魔物か……」

　ヒルデがブツブツと呟きだした。どうしたのだろうか。

　するとヒルデは、なにかに気付いたようにハッと顔を上げた。

「他国の王様！　派遣部隊が戦ったのは魔物のみなんだよね？　精霊王国の兵ではなく」

　ヒルデの問いかけにフウガは頷いた。

『ああ。俺たちは父なる島から魔物を駆逐しただけだ』

「精霊王国は魔物に追い詰められていたって話だったね。だとすれば精霊王国が戦って居た相手も魔物だよ。つまり魔物と戦った者がこの病に罹っているってことさね」

『「――っ!?』」

ヒルデの言葉に皆一様に息を呑(の)んだ。それってつまり……。

「魔物から人への感染ってことか」

「そうだね。それも後方支援部隊に罹患者がほとんどいないとなると、感染の原因は直接戦闘を行ったことになるだろう。戦闘において傷を負ったか、あるいは相手の返り血を浴びたか……そんなところじゃないかねぇ」

なるほど。それなら戦士ばかりが罹るというのも納得がいくか。

『なあお医者さんよ。俺たちはどうすればいい?』

フウガが真面目な顔でヒルデに尋ねた。

『こちらが攻撃しないとしても魔物は襲ってくる。対処するなというのは無理だ。戦士たちを癒やす方法か、これ以上感染を広げずに魔物と戦う方法はないか?』

「どういう病気かもわからないから治療法はさっぱりだよ。魔物が原因というのも現時点では憶測の域を出ないのだけど……これ以上感染者を増やしたくないなら、しばらく魔物との戦いは遠距離からの攻撃に止(とど)めて近接戦闘は行わないことさね」

『わかった。将兵に徹底させよう』

「それと、具体的にどういう症状が起こるのか聞かせてもらいたい。最終的に死に至る病だというのはわかったけど、それまでにどういう症状が起こるんだい?」

『そうだな……「精霊王の呪い」でもっとも特徴的な症状は……』

フウガは真っ直ぐに俺たちを見つめながら言った。

『魔法が使えなくなる、ということだ』

魔法が使えなくなる？

「それは自分の魔法が使用できなくなる、という認識で良いのか？」

そう尋ねるとフウガは『ん？』と首を傾げた。

『それ以外になにかあるのか？』

「光系統（回復系）魔法とか外部から影響を受ける魔法もあるだろう？」

『ああ、そういうことか。まずは自分自身の魔法が徐々に使えなくなるようだ。光魔法などについては……どうだったか？』

フウガが背後に確認すると、ハシムが報告書を読みながら答えた。

『最初は効いているようですが、徐々に効きが悪くなり、最後はまったく効かなくなる……という報告がございます』

「魔法自体が無効化されているのか？　敵から受ける攻撃魔法などは？」

『そのような実験報告はありませんが……この病に罹った者の中で火炎攻撃を受けた傷が治りづらいという報告があるので、おそらくは攻撃魔法は効くものと思われます』

使えなくなるのは自分の魔法と、外部からの光系統魔法……ということか。使えなくなる魔法、効く魔法、効かなくなる魔法。それらにどういう違いがあるのだろうか。

『なあ、ソーマ』

考え込んでいるとフウガに声を掛けられた。

「……なんだろうか」

『この病に対して、俺の国とお前の国で共闘しないか？』

「共闘？　共同で調査するってことか？」

『なにもわからないままじゃ、いつ、大陸のどこで蔓延するかもわかったものじゃない。それはお前たちにとっても危惧するところだろう？　だから手を組もうって話だ』

「それは……わかるけど……」

理屈としてはわかる。

だけど……フウガの勢力との共闘となると、どうしても二の足を踏んでしまう。

フウガ自体は裏表のない人物だけど、彼の傍には裏しかなさそうなハシムも居る。体よく利用されるだけのような気がしてならなかった。

それに、俺たちがフウガの勢力と親密であるように振る舞えば、帝国の臣民を刺激してしまうかもしれない。実際にフウガから港の割譲を受けたとき、マリアは配下から突き上げを喰らったみたいだしな。

返答をためらう俺にフウガは重ねて言った。

『俺たちはこれ以上この病に罹る者を出さないようにし、あわよくば治療法を見つけたいと思っている。お前たちだってこの病を国に入れたくないだろう。そのためには共同して研究し、対策を立てるよりないだろう』

「……」

「随分と勝手なことを仰います」

返答に窮していると、話を聞いていたハクヤが割って入った。

「そもそもあなた方が精霊王国の問題に介入しなければ、この病に苦しむこともなかったはず。自らの行動の結果なのですから、他国に助力を求めるのは筋違いでしょう」

『それは認識に違いがあるというもの』

ハクヤの言葉にハシムがすかさず反論した。

『この父なる島の解放はゲルラ殿の要請によるもの。私欲のように言われても困る』

「詭弁を。その父なる島はいまやあなた方の勢力下ではないですか」

『そちらも実状を知らないでしょう。実際にハイエルフ族と接してみて、選民思想に取り憑かれた者たちと、そんな者たちに囲まれながら改革・開放を望んでいた者たちの存在を知ったのです。我らは魔王領の解放者として、後者のほうが正しいと判断し肩入れしたにすぎません』

「結局は傀儡政権を作っただけです。解放者が聞いて呆れます」

ハクヤとハシムの応酬は続いたが両者は一歩も引かなかった。

ハクヤは大虎王国の事情に王国がなし崩し的に巻き込まれることを防ぐために、ハシムは王国が協力を拒否することのないよう逃げ道を塞ぐために、それぞれ主導権を渡すまいとしていたのだ。

二人の舌戦はそのままうちと大虎王国のパワーゲームだと言えるだろう。しかし……。

『黙れ、双方とも』

「『　っ！　』」

そんな駆け引きに焦れたフウガが一喝した。

『この件に関しては、俺は王としてではなく一個人としての意志を優先する。病に苦しむ我が友シュウキンや配下の将兵たちを救いたい。そのためには頭を下げてお願いだってしよう。このとおりだ』

そう言うとフウガは兜を取り、真っ直ぐに深く頭を下げた。

お願いする者とお願いされる者。

立場の違いは明確になったはずなのに、こうも堂々と頭を下げられると向こうの方が立派なように思えてしまう。こっちが頭を下げさせている側のはずなのに、主導権は向こうが握っているように思えた。

（……結局は一個人としての器の差だよな）

みんなに支えてもらうことでなんとか拡げてもらっている俺とは違い、フウガは一人でもとんでもなくデカい器を持っている。

こういう一対一の場面ではその器の差が如実に出てしまうようだ。

「……わかった。協力しよう」

　俺はそう答えるしかなかった。

「空気感染や飛沫感染などではなく、魔物と接することによって感染すると言うのなら、医師がこの病に罹るリスクは少ないだろう。人員を送りやすい」

『おお！　感謝する』

「ただし、医療技術については我が国の方が数段上だ。我が国の医師の指示には全面的に従ってもらう。勝手に患者を移動させたりして病を拡散させたくないからな。これが守れないようなら協力はできない」

　そう要求すると、フウガは大きく頷いた。

『ああわかった。部下にも厳命しよう』

「頼むぞ。……そこのハシムにもな」

　フウガは良くも悪くも有言実行の人だ。一度請け合った以上、あとで自分の言葉を覆すといったことはないだろう。だが、それが末端まで徹底されるとはかぎらない。

「敵国に病で倒れた者の死体を送りつけるとかやりそうだし」

『……そこまで手段を選ばないつもりはありません』

　ハシムは心外だというように顔を背けた。どうだろうな。

「手元にあったらとりあえず使ってみようと考えてしまうのは人の性だ。たとえそれが手に余る代物だったとしてもな」

前の世界にも生物兵器や炭疽菌テロとかあったしな。

菌やウイルスも生き物だ。

生き物がそうそう人の思うように動いてくれるものではない。人に直接害のないレベルで言うなら、ハブ退治のためにマングースを放ったら、増殖したマングースはハブをほとんど食べずにむしろ現地の希少生物を襲うようになったとかいう話もあった。

「制御できると高をくくれば、必ずしっぺ返しを喰らうことになるぞ」

『……』

『あーわかった。ハシムが変なことをしないよう俺が目を光らせておく』

交渉が再び水掛け論になることを嫌ったフウガが請け合った。

まあ……いまはこれでよしとすべきか。

こうしてこの病に関しては二国で協力することが決まった。

そうと決まれば王国側でも採れる手段を検討しなくてはならないため、一旦は放送会談を打ち切ることになった。映像が切られたあとで、

「なんだか……大変なことになってきたわね」

リーシアに言われて俺は「そうだな」と頷いた。

「ただ、今回ばかりは協力しなくちゃならないだろう。病に国境はないからな」

「そうね……」

「あの、お兄様が、ごめんなさい」

ユリガが申し訳なさそうに言った。俺はそんな彼女の肩にポンと手を置いた。

「気にしなくていい。今回ばかりはフウガのせいとも言えないしな」

「……はい」

するとヒルデとブラッドが進み出てきた。

「王様、病と聞いては医者として放っておけないよ。あたしを行かせておくれ」

「いや、病理解剖が必要だろう。俺が行くべきだ」

二人とも医者としての責任感からかそう志願してきた。しかし、だ。

「却下だ！」

俺はそれをすぐさま拒んだ。

「ヒルデもブラッドも王国医学界のトップだ。医学界の国王夫妻と言っていい。一番近所のお医者さんの名前は知らなくても、二人の名前は知っているくらいに名が通ってしまっている。そんな二人を派遣して、万が一病に倒れてしまったらどうなると思う？　二人でさえ克服できなかった病の存在に、国中が震撼（しんかん）し大混乱に陥ることだろう。情報の伝わり方次第では暴動にすら発展するかもしれない」

「「………」」

「医者として、自分たちのために起こった暴動で死傷者を出すのは本意ではないだろう？　国王としてもそれは同じだ。二人を現地に派遣するわけにはいかない」

「くっ……」

「名前が売れるっていうのも……歯痒いもんだねぇ」

ブラッドもヒルデも悔しげな顔をしていたが、ここは堪えてもらうしかない。命に優劣を付けるわけではないけど、その死がもたらす影響力には大きな差が出てしまうのも事実だ。国王としては被害を最小限に止めるよう努力しなければならない。

「ここは堪えてくれ。ルディアだってまだ小さいだろう」

二人の娘の名前を出すと、二人はハッとした表情になった。娘を孤児にするわけにはいかない、しかし自分たちは医者として働かなくてはならない、そんな感情のせめぎ合いが見て取れる顔をしていた。俺は二人に対して頭を下げた。

「二人にはこれから俺の相談役となってほしい。手に入った情報はすべて渡すし、検体が手に入ったら真っ先に二人のもとに回す。だから、いまは王都に留まってくれ」

「……わかったよ」

「仕方ないねぇ」

二人も渋々だが納得してくれたようで、俺はホッと胸をなで下ろしたのだった。

第六章 ✦ 守るべき未来のために

父なる島に精霊王国の祭祀を執り行ってきた『ミン』という城壁都市がある。

歴史ある都市らしく、中央部にピラミッドかチチェン・イッツァを思わせるような石造りの建造物があるこの都市は、長いこと虫形魔物の巣窟となっていた。

しかしフウガ軍とガーラン義勇軍の連合軍によって解放されると、連合軍の重要拠点として機能していた。守りやすく港も近いまさに要所といった都市だ。元ガビ王ビトーはこのミンを解放して手柄にせんと突出し、魔物に囲まれて戦死している。

そんなミンは父なる島から魔物が駆逐されつつある現在は、父なる島復興の拠点にもなっていた。多くの物が集まり、人々が忙しそうに行き交っている。しかし、そんな希望に満ちているはずのこの都市に滞在している人々の表情は冴えなかった。

その原因は『精霊王の呪い』と呼ばれる病の発生だった。

戦士のみが罹るという原因不明の病。最初は魔法が徐々に使えなくなり、回復魔法が効かなくなる。しばらくすると身体に影響が現れ様々な症状を引き起こす。そして最後には死に至るという恐ろしい病だった。

母なる島ではすでに幾人もの戦士が倒れているという。

この父なる島でも罹患者が出るとは、病の存在を知らなかったフウガ軍はもとより、ガーラン義勇軍も思っていなかった。もちろん「もしかしたらこの島でも……」という漠然とした不安は感じていても対策の立てようがなかった。

ハイエルフたちにしてみれば「この病は母なる島でのみ罹るもの」という期待もあったのだろう。しかしそんな淡い期待は粉々に打ち砕かれた形になった。

そして、父なる島の人々が震撼する事態が発生する。

連合軍の総大将シュウキンがこの病に罹っていたことが判明するのである。

「あっ、これは私が持っていきますね！」

ミンにあるハイエルフの王族が使っていた大きな屋敷。

その厨房にて、パン粥の載ったトレイを持ち上げながらエルルは言った。

すると調理場で働いていたハイエルフたちは血相を変えた。

「姫様っ。やめたほうがいいのでは？」

「危険です！　御身になにかあったらと思うと……」

「なにも姫様が給仕の真似事などなさらずとも」

口々に反対意見が出てきたが、エルルは笑顔で首を横に振った。

「これぐらいのことはさせてほしいんです。我々のために戦って下さったあの御方のために、いまの私にできることはこれぐらいしかありませんから」

「姫様……」

その明るい笑顔が暗い雰囲気を作らないためのものだということを、この場に居た誰もがわかっていた。言葉を失った彼らにエルルは敢えて和やかに笑いかけた。

「それじゃあ行くわね」

そう明るく言うと、彼女はトレイを持って調理場をあとにした。

そして早足で向かうのはこの館の東の端にある部屋。

その部屋の前でエルルは一度息を整えると、その扉をノックした。

「失礼します」

そう言ってトレイを片手で持ちながら、もう片方の手で扉を開けて中に入る。

「シュウキン様、お加減は……って！」

エルルは部屋の中の様子を見て、目を大きく見開いた。

ベッドの上には寝ているはずの病人はおらず、なぜか窓辺にぶら下がっていた。シュウキンは開け放たれた窓の枠に指を掛けると、そこで懸垂をしていたのだ。

「百一……百二……」

ご丁寧にカウントまでしている。

エルルはしばし呆然とした様子でその光景を見ていた。

「うん。翼の間から覗く良い広背筋です……じゃなくて！」

エルルはガタンと音を立てながらトレイをテーブルに置くと、シュウキンを窓枠から引き剝がそうと引っ張った。しかし体重の軽いエルルが引っ張った程度では、がっしりと窓枠を摑(つか)んだシュウキンの指は外れなかった。

「病人なんだから大人しくしていましょうよ！」

「っと、エルル姫か」

懸垂に集中していた様子のシュウキンはエルルに気が付くと、窓枠から手を離してストンと着地した。エルルはその拍子に手を離してしまい、尻餅をついた。

痛そうにお尻をさすりながら恨みがましげに見るエルルを気にも留めず、シュウキンは手ぬぐいで汗を拭うとエルルに笑いかけた。

「ふう……あまり私に近づかない方がいい。病気がうつってしまったら大変だ」

「これほどまで説得力のない言葉が他にありますか!?」

おそらくクールダウンをしているのだろう。腕をグルグルと回しているシュウキンの姿は、とてもじゃないが病人には見えなかった。エルルは呆(あき)れていた。

「この病の患者を看病してて感染したという人の話は聞きません。多分、流行病のように人から人にうつる病じゃないんでしょうね……というか、病人なのになんでジッとしていられないんですか！」

批難するような目で言うエルルに、シュウキンは気にした様子もなく言った。

「本調子でないとはいえ身体はまだまだ動きますからね。ならば動けなくなるそのときまで鍛え続けなければ、武人とは名乗れないでしょう」

「いいから座ってください！」

　エルルはシュウキンを座らせると、その膝の上にパン粥の載ったトレイを置いた。

「お食事です！　食べてください！」

「あ、ああ。わかりました」

　エルルの剣幕に気圧されるように、シュウキンはパン粥をパクパクと頬張った。そんなシュウキンの姿を見て、エルルは溜息を吐くと少し悲しげな目をして言った。

「シュウキン様は……なぜそんなに元気でいられるのですか？」

「もぐ……んん？　どういう意味です？」

「『精霊王の呪い』に罹った戦士たちは……多くは絶望します。罹ったと判明した瞬間、自分の将来を察してしまい、すべてを諦めて……その日のうちに自ら命を絶つ者さえいました。……って、こんなこと、私たちが言えた義理じゃないですよね」

「エルル姫？」

「この病のことについてもっとはやく教えていたら、もしかしたら……」

　後悔しているように身を縮こまらせているエルル。

　そんな彼女を見て、シュウキンは首を横に振った。

「エルル姫たちのせいではないでしょう。原因不明の病だそうですから、父なる島でも罹る病だということは誰にもわからなかったのですから」

「で、ですが」

「恨むべきは慢心していた自分自身ですね。フウガ様に付き従って連戦連勝を続けるうちに、足下に空いている大穴が見えなくなっていたのです。人生、どこにどんな罠が待ち受けているともかぎらない。良い教訓になりました」

そう言ってのけるシュウキンに、エルルは驚いた後、羨望の眼差しを向けた。

「……お強いですね。シュウキン様は」

「そんなことは……」

「強いですよ。病に罹っているのに、どうしてそこまで気丈でいられるのですか？」

「ふむ」

シュウキンは木の匙を銜えながら腕組みをし、頭を捻った。そして……。

「それは多分、これで終わりと思っていないからではないかと」

そう答えた。エルルは目を丸くしていた。

「え？」

「そこにある手紙を読んでみてください」

シュウキンはベッドの脇に置かれた手紙を指差した。

「これは？」

「フウガ様からの手紙です」

「フウガ殿の？　読んでも大丈夫なのですか？」

「はい。見られて困る内容ではないので」

「そうですか……それで、フウガ殿はなんと？」

手紙を手に取りながらエルルが尋ねると、シュウキンは微笑みながら言った。

「今回の『精霊王の呪い』の解決に向けて、フリードニア王国のソーマ王の全面的な協力を取り付けられたそうです」

「フリードニア王国？」

「大陸の東にある大国です。数年前までは古いだけで目新しいこともない国家でしたが、いまの国王が王位を継いでからは目まぐるしい発展を遂げています。それこそあのフウガ様が警戒し、妹君のユリガ様を留学させたくらいですから」

「ああ、そういえば海洋同盟の盟主になっている国でしたか」

エルルは叔父のゲルラがハーン大虎王国やグラン・ケイオス帝国よりも先に、海洋同盟の盟主であるフリードニア王国に助力を求めたという話を思い出した。精霊王国が掲げているハイエルフ至上主義の政策を理由に協力は断られたらしいが。

シュウキンは腕組みをしながら言った。

「これはフウガ様からの又聞きですが、あの国は学問や技術といった分野の発展が著しいとユリガ様から報告があったようです。とくに医療技術は我が国の数十年は先を行っているとのこと。光系統魔法以外の者でも治療が行え、光系統魔法が効かないとされた病さえも治療ができるという話ですから」

「そんなに差があるのですか!?　フリードニアとは凄い国なのですね。鎖国を続けていたうちの国とどれくらいの差があるのでしょうか」

愕然とするエルルにシュウキンは苦笑しながら言った。

「そんな国が協力してくれるのです。希望を捨てるにはまだ早すぎるでしょう」

「なるほど」

「まあ唯一心苦しい点は自分の不甲斐なさのせいで、主君のフウガ様にソーマ王に対しての借りを作ってしまったことですね。もしかしたらユリガ様にも気苦労をかけてしまったかもしれません」

「それなら、なおのこと元気になりませんと！」

エルルは元気を取り戻したように言った。

「命があれば主君からの恩義も、他国の王への借りも返すことができます。逆に命がなければ借りっぱなしの恩知らずになってしまいます。だから、元気になってください！」

「ぷっ……アハハハハ！」

エルルの言い回しが面白かったのか、シュウキンは大笑いした。

エルルもつられて笑い出す。

そこは病人がいるとは思えない明るい笑いに包まれていた。

◇　◇　◇

王都パルナムにある屋敷の一つ。

その居間に置かれたベビーベッドには二人の赤ん坊が並んでスヤスヤと眠っていた。そんな子供たちの寝顔を覗き込むのは、赤ん坊たちの母親たちだった。

「なんやこうしてみると双子ちゃんみたいやな。シアンとカズハ思い出したわ」

「本当ですね。髪の毛の色が違ってなかったら間違えそうです」

そう言って微笑み合うのはフリードニア王国第三正妃ロロアと、元ラスタニア王国王女ティアだった。ベッドで眠る赤ん坊はそれぞれが産んだ男児だった。

義理の姉妹でもある二人は妊娠発覚のタイミングがほぼ同時期だったため、一緒にヒルデに定期検診してもらい、出産時期もほぼほぼ一緒だった。産後の容態も安定していたので、ロロアはよくユリウスとティアの邸宅に赤ん坊を連れて遊びに来ていた。

「レオン、大口開けて寝とるわ。将来は大物やな」

「ディアスは物静かですね。ユリウス様に似た知性を感じます」

そんな親バカなことをのたまう二人。

ロロアとソーマの間に生まれた子供がレオン・アミドニア。

ティアとユリウスの間に生まれた子供がディアス・ラスタニア。

まだ赤ん坊ということもあってレオンとディアスはそっくりだが、薄(うっす)らと生えているレオンの髪は濃い焦げ茶色で、ディアスの髪は淡いベージュ色なので見分けは付いた。

そんな風に愛おしそうに我が子たちを見つめる母二人の姿を、父であるソーマとユリウスは少し離れたテーブルでお茶をしながら眺めていた。

「あの二人が母親……というのもなんだか感慨深いものがある」

お茶を飲みながらユリウスが言うと、ソーマは苦笑した。

「出会った頃と面影はそんなに変わってないしな」

「まあ……十六を過ぎれば二、三年でどう変わるってわけでもないか」

「だけど、精神面は確実に変わるぞ。男は子供ができても成長はしづらいが、女は子供を産んだ瞬間、母という生き物に変わる……ってどこかで聞いた気がする」

「経験則か？」

「うちは四人目の子供だからね。頭が上がらないよ」

「ふふっ、まるで上がっていた時期があるかのような言いぐさだな」

ユリウスに茶化すように言われ、ソーマは「ほっとけ」と肩をすくめた。

愛する妻と我が子を眺めながら軽口をたたき合う二人。

この和やかな空気を見て、二人がかつて万を超える軍を率いて命の取り合いをした間柄だとは誰も思わないだろう。するとユリウスはソーマに頭を下げた。

「ヒルデ医師を紹介してくれたこと、感謝している。おかげで母子ともに健康だ」

「感謝はヒルデにすれば十分さ。ヒルデを紹介しなくても、いまの王国なら助産師も産婦人科医も沢山いる。誰に頼んでも結果にそこまでの差はなかったと思う」

ソーマがヒラヒラと手を振ると、ユリウスは頷いた。

「たしかに、王国の医療制度は群を抜いているからな」

「本当はもっともっと拡充させたい分野だ。医者も病院もまだまだ増やしていかないとと思っているけど……それをするとなると税収を増やす必要が出てくるだろうな」

「それは……大事なことだとは思うが国民からは反発されそうだ」

ユリウスは腕組みをしながら唸った。ソーマも頷く。

「ああ。いっそ『国民議会』に投げてみようかって、ロロアと話してるところだ」

「国民議会というと、国王への嘆願をまとめる議会だったか？」

国民議会は種族や身分を問わず地方の代表者が出席し、国王へ『国民の声』を届けるための目安箱的な意味合いのものだった。あくまでも声を届けるためだけのものなので、その嘆願を採用するもしないも国王の裁量次第だった。

ただあまり無視すれば国民の支持が離れかねないので、当たり障りのないもの（ソーマの治政だと『放送番組』の拡充など）は採用していた。

「『医療制度の更なる充実を図るために、税率を上げるのは是か否か』を国民自身に決めてもらおうかと思っている」

ソーマがそう言うと、ユリウスは冷めた目で首を横に振った。

「間違いなく否決されるだろうな。人は目先の損益に囚われるものだ」

「まあ……そうだろうな。教育制度のおかげでだいぶ自分の頭で考えられる国民たちは増えてきているけど、まだ身を切る改革を行えるほど成熟してはいないだろう」

「結果がわかっているのに国民に任せるのか？」

「国民に選ばせること自体に意味があるからな」

「？　どういうことだ？」

「何度かの否決は織り込み済みってことさ」

ソーマはカップを置くとニヤリと笑った。

「ただ否決される度にその結果は国民に対して公表する。医療の充実は絶対に必要なことだ。時間が経つほどその事実に気付く国民は増えていくだろう。『うちの町にも医者がいたら』って医者の居ない地方の人々は絶対に思うだろう？　そうなれば……」

「むしろ国民たちが国民議会に可決させるよう迫るようになるか、あるいは国民のご機嫌取りのために、議員が可決の旗振り役になるかもしれない……か」

さすがはユリウス。切れ者なだけあって一を聞いて十を知っていた。

「だが……少々性急すぎではないか？　国民はそんな思惑など汲んではくれんぞ」

「まあね。……俺はな、ユリウス。国民に自分の頭で考えることをやめないでほしいんだ。誰か偉いヤツが言ってたからとか、みんなが言ってるからとか、伝え聞いただけのことを鵜呑みにしてなにが本当かを確かめない。素直というのは美徳なのかもしれないけど、一方では陰謀論に転びやすいということでもある。そんな国民であっては困るんだ」

ソーマはふうと息を吐きながら言った。

「フウガの勢力に呑み込まれないためにもな」

「フウガ・ハーンの？」

「フウガのカリスマ性は人を惹きつけるだろ？　フウガが『ナデンを白い龍』と言えば、人々は喜んでナデンは白い龍だと答えるだろう。フウガが『俺ならいまよりもっと良い暮らしをさせてやる』と言えば、人々はなんの根拠もなかったとしてもフウガの統治を望んでしまう。フウガが『アイツは悪だ』と言えば人々はその人物を憎むだろう」

「なるほど……理解した。ハシムが東方諸国連合を切り取るときに使っていた手だな。政権に不満を持つ者を煽り、フウガのカリスマのもとに吸収する。うちもジルコマたち以外の難民兵を持って行かれた」

　ユリウスは当時を思い出したのか辟易とした顔をしていた。ソーマも頷く。

「いずれこの国にも同じようなことを仕掛けてくるかもしれない。そのときに、自分の頭で考えられる国民がどれだけいるかで状況が変わってくる。相手が甘言を弄してきたとしても『そんなウマい話が本当にあるんだろうか？』『フウガが言うほどあの人物は悪いヤツなのだろうか？』と疑う国民がどれだけいるかでな」

「煽動されないよう、国民議会で鍛えるわけか」

　ユリウスは感心半分呆れ半分といった様子で溜息を吐いた。

「迂遠なやり方だが効果はありそうだ。……面倒なほど迂遠だが」

「二回も迂遠って言うなよ。そんなに面倒か？」

「最初から行動を共にしているリーシア妃やハクヤ宰相の苦労が偲ばれる」

「……よく言われるよ」

ソーマは苦笑しながら答えた。

ちなみにこの議案は何度かの否決を経て可決されることになる。その可決には後に起こる出来事と、ある人物が関わることになるのだが。その報告を受けたソーマの反応はというと「思ったより早かったな……」というものだったとか。

閑話休題。ユリウスはカチャリとカップをソーサーに置いた。

「だが、未来のことを考えるよりも前に、目先のことも大事だろう。例の『精霊王の呪い』についてはどうなっているのだ？」

「……目下調査中といったところだ」

ソーマはお茶を飲みながら答えた。

「フウガから譲り受けた大陸西岸の港街に医療チームを派遣して情報収集にあたらせている。まずは朧気な情報の確認だな。フウガの話では主に戦士が罹る病で、人から人へ感染するような病ではないとのことだったが、それは間違いないらしい」

「それは良かった……のか？」

「なんとも言えないな。父なる島ではこの病気に罹る者は発生し続けているらしい」

ソーマはカップを両手で包み、中身に視線を落とした。

「人から人への感染がないらしいことがわかったことで、ヒルデやブラッドは現地入りを希望しているが……」

「危険なことに変わりはない。止めるべきだ」

「わかっているさ。二人を失うわけにはいかない。ヒルデとブラッドには現地から送られてくる情報を逐一報告することで対策を考えてもらっている。……なにかしたいと逸る気持ちを抑え込むには、なにかさせておくのがいいだろうし」

「そうだな」

「それと、ヒルデたちとは別にジーニャたちにも動いてもらっている」

「ジーニャというと……王国の技術開発部門の長だったか？」

「ああ。いまジーニャたちには魔素についての研究に集中してもらっているんだけど……今回の『精霊王の呪い』は魔法が使えなくなるという特徴を持っている。もし体内の魔素になんらかの影響を与えているのだとしたら、そっち方面からなにかしらのヒントを得られるかもしれないからな。協力してもらうことにしたんだ」

　ユリウスは一瞬呆気にとられた顔をした。ソーマは首を傾げた。

「どうした？」

「いやなに、今更ながら王国の層の厚さを思い知らされただけだ。なにかをしようと思ったとき、それに適した人材がいて、すぐに仕事に取り組ませることができる。まったく……恐ろしい国を造り上げたものだ」

　ユリウスが言うとソーマは苦笑した。

「なに言ってんだか。いまはユリウスだってその一人だろうに」

「……私もか？」

「これからフウガとの交渉も増えるだろう。その陰にはハシムの知謀があるはず。ハクヤとユリウスが揃っていないと不安だ。子供が落ち着いたら出仕してくれ」

「フッ、いまはお前が主君だ。主命とあらば従おう」

二人が苦笑し合っていたそのとき、二人の顔が両側からペチンと挟まれた。

背後に回ったロロアとティアがそれぞれの旦那の顔を両手で挟んだのだ。

「こら、ダーリンに兄さん。なに辛気くさい顔しとんねん」

「そうですよ。こんなに可愛い子供たちと奥さんを放っておいて酷いです！」

「あっ、ごめん、ロロア」

「す、すまない。ティア」

それぞれの奥さんにむくれられて、ソーマもユリウスもタジタジになっていた。

「おやおや、仲のよろしいことですな」

不意に声を掛けられ振り向くと、ダンディな灰髪の紳士がお茶のお代わりを持って立っていた。服飾屋『銀の鹿の店』の店主にして、ロロアの商会の表の顔をしているセバスチャン・シルバディアだった。

「これはさらに子供が増えるのも時間の問題ですかね」

セバスチャンはニッコリ顔でそう言うと、ロロアはウンウン頷いた。

「せやねー。産むときは死ぬかと思ったけど、もう少し欲しいわ」

「わ、私もです」

奥さん二人に期待した目で見られて、ソーマとユリウスはなんとも気まずそうな顔をしていた。そんな四人の様子をセバスチャンはニコニコ顔で見ていた。すると、

「ととさま。あかたん」

ベビーベッドのほうからそんな舌っ足らずな声が聞こえて来た。

それはセバスチャンと同じ髪の色をした三、四歳くらいの女の子だった。セバスチャンは彼女のそばに歩み寄ると、ひょいっと持ち上げて赤ん坊たちをよく見せてあげた。

「ほら、フローラ。レオン様とディアス様だよ」

「かーいい、ね。ととさま」

顔を綻ばせた彼女はフローラ・シルバディア。

セバスチャンの娘でおっとりした垂れ目が愛らしい女の子だ。

そんな親子の姿を見ながら、ソーマは、

(子供たちの未来を守るためにも頑張らないとな)

そう決意を新たにするのだった。

◇　◇　◇

ハーン大虎王国（旧東方諸国連合部分）の北部と、フリードニア王国の王都パルナムとを結んでいる街道がある。

同じ一本道なのだが、二国の国境線となっている川を越えるとその様相は一変する。

大虎王国側の道は往来する人々や騎獣に踏み固められただけのものであったのに対して、フリードニア王国側の道は古代コンクリートで舗装され、野生動物よけの退魔樹が等間隔に植えられていて、とても移動しやすくなっていた。

統治者のインフラ整備にかける情熱の差が如実に表れている部分と言えるだろう。

そんなフリードニア王国側の道を一人歩く男がいた。

フード付きのローブを深々と被っているため表情は見えないが、その足取りは重い。まるで足枷を付けられた囚人のようなフラフラとした足取りだった。

しかし男はそれでも歩くことはやめなかった。

男はやがて山間の小さな町に辿り着いた。

露店でわずかな食べ物と葡萄酒を買い、道の端に座り込んでそれらを胃の中へと流し込む。まるで栄養が取れればそれでいいといった食べっぷりだった。

「おう、兄ちゃん。具合が悪そうだな」

そんな男に声を掛ける者がいた。

むき出しの肩は筋骨隆々で、ヒゲもじゃな顔が特徴的な大男だった。

ハッキリ言って野盗の類いにしか見えない。フードの男は警戒しつつ、ローブの内側に忍ばせている短剣を掴（つか）みながら答えた。

「生憎（あいにく）……持ち合わせはないぞ」

「はあ？」

ヒゲもじゃの男は一瞬キョトンとしたが、すぐにガハハと笑い出した。

「そんな風に言われんのも久しぶりだ。あっしを知らねぇってことは……兄ちゃん、ここいらのもんじゃないだろう？　旅人さんかい？」

どうやらヒゲもじゃの男には敵意はないようだ。フードの男は懐の短剣を離した。

「ああ……そんなところだ。……野盗ではないのか？」

「違（ちげ）えって。心配しなくてもカツアゲなんかしねぇよ。王様に怒られちまうからな」

するとヒゲもじゃの男はドンと胸を叩（たた）いた。

「あっしはここらで山岳救助隊をやってるもんです……って、余所（よそ）から来たんじゃ知らねぇか。山岳救助隊っていうのは山に入って出られなくなった者や、行方不明になった者を捜し出して助け出すのが仕事なんでさぁ」

「そのような仕事が……それで、私に何用か？」

フードの男が警戒しながら尋ねると、ヒゲもじゃの男は肩をすくめた。

「何用もなにも、見るからに具合悪そうじゃねぇか。だから声を掛けたんだよ」

「……放っておいてはもらえないか？」

「そうはいかねぇよ。あっしの管轄で野垂れ死になんか出したら、あとでお上から事情聴取やら報告書作成やらを命じられちまうんでさぁ。面倒なんで、そうなる前に助けられてもらえるかい？」

冗談めかして言うヒゲもじゃの男。

酷い言いぐさではあるが、言葉の端からは相手への気遣いが感じられた。

フードの男は壁に手を突きながら立ち上がった。

「ご厚意には感謝する。しかし私は……行かなければならないのだ」

「行くって、そんなに調子悪そうなのにどこに行こうってんだい？」

「この国の王都パルナムへ」

そして歩き出そうとするフードの男だったが、壁に手を突きながら歩いてもフラついていた。そしてガクッと膝から崩れ落ちようとしたとき、

「危ねっ」

ヒゲもじゃの男が咄嗟（とっさ）にその太い腕で摑んで支えた。

「そんなフラフラじゃないですかい。ここから少し入ったところにある大きな街なら病院があります。連れてってやるんで診てもらいましょうや」

「びょういん……とは？」

「医者……薬師や光系統魔導士の凄（すご）い版みたいな人たちがいるところでさぁ。光系統魔導士でなくても、傷や魔法で治りにくい病気なんかも治してくれるんです。国が後援している病院なら料金も安いですし」

「病気も……王国の医学はそこまで進んでいるのか。我らが閉じこもっている間にも……外では……まったく、見誤ってしまったなぁ」

フードの男の声には若干の自嘲が交じっているようだった。

ヒゲもじゃな男が不思議そうな顔をして見ていると、フードの男は首を横に振った。

「自分の身体は自分が一番わかる。医者、とやらでも癒やせんだろう」

「っ!?……そんなに悪いんですかい？」

「私にはもう時間が残されていないのだ。だからこそ、一刻も早く王都パルナムへ行かねばならない。我が祖国のため……この命でできることをするために」

フードの男は王都パルナムのあるほうへと手を伸ばした。それを見ていたヒゲもじゃの男は頭をガシガシと掻くと、ひょいっとフードの男を担ぎ上げた。

「ったく、しょうがねぇなぁ、ってなんだアンタ、軽すぎだろ！」

「な、なにを……」

「関わっちまった以上、放っておくわけにもいかねぇ。これでも公僕だ。お上に連絡を入れて、王都に連れてってもらえるか聞いてみるとしよう」

「……いいのか？」

「判断するのはお上だ。ともかく、しばらく休んどけ」

ヒゲもじゃの男はフードの男を担いで歩き出した。

すると、その拍子に被っていたフードが脱げた。中から現れたのはやつれた顔をしたエルフだった。ヒゲもじゃの男は目を丸くした。

「アンタ、エルフ族だったのかい」

「………」

「そういや名乗ってなかったな。あっしはゴンザレス。アンタは？」

「……ゲルラ・ガーランだ。名前を出せば、大方の事情は察してくれるだろう」

第七章 人類の名のもとに

——王都パルナム。


「ゲルラが来た」

政務室にリーシア、ハクヤ、そしてフウガの妹ユリガの三人を集めた俺は、なるべく感情を出さないように言った。しかし、そこは付き合いの長いリーシアだ。

俺の表情からただ事ではないことが起こったと理解したようで息を呑んでいた。

「ゲルラというと、精霊王国からの使いとして来た人よね？」

リーシアが代表して訊いてきたので、俺は頷いた。

「ああ。しかもどうやら『精霊王の呪い』に罹っているらしい」

「っ！　精霊王の呪いって、精霊王国で流行っているという例の病気よね？　ソーマがフウガ殿に対応の協力を約束したっていう」

「そんな……あの病が、この国に持ち込まれたのですか？」

ユリガに尋ねられて、俺は静かに頷いた。

「そういうことになる。港街に派遣した医療チームからの報告や、その報告を精査したヒルデやブラッドの話では人から人に感染する病ではないらしいけど」

「そ、そう……ですか」

ホッとした様子のユリガ。

本当に、それだけが救いだった。もしこの病が空気感染、飛沫感染、接触感染など、人から人へ感染する病だったら大変な事態を引き起こしていたところだ。

もしそうなっていたら……俺はゲルラを許せなかっただろう。親しい誰かがこの病のせいで亡くなっていたとしたら、たとえ不可抗力な面があったとしても、精霊王国やハイエルフに対して悪感情を持っていたかもしれない。

怒りに引き摺られそうになる心を落ち着けるため一息吐いてから話を続けた。

「だけど、この病気の詳しい仕組みはまだわかっていない。魔物との戦闘が原因で感染するらしいが確証がない。魔法が使えなくなる理由も不明だ。わからないことだらけだからこそ、人から人への感染もゼロとは言い切れないだろう」

「そうね……それで？　そのゲルラ殿はいまどこに？」

「まだ国境付近の街で待機させている。使者を出して迎えに行かせているが、城壁外の国が保有する施設へと隔離する。迎えに行かせた使者や接触したゴンザレスもとりあえず一週間は自宅待機させるつもりだ。立ち寄った場所の聞き取りも行って、どの程度の接触者があったか調査する。……ユリガ」

俺が呼び掛けるとユリガはビクッと背筋を伸ばした。

「は、はい！」

「ゲルラはこの国に大虎王国の領土を通って入っただろう。この国に入ってすぐ保護されたようだし、この国での立ち寄り先は多くないようだが……大虎王国は違うだろう。聞き出した立ち寄り先の情報を渡すからフウガに調査を依頼してくれ」

ユリガを呼んだのはフウガへの連絡役となってもらうためだった。

「わ、わかりました。必ず伝えます」

ユリガは多少慌てていたものの手を前で組んで頭を下げた。

「頼む」

「陛下、ゲルラ殿は陛下との面会を求めています。お会いになりますか？」

ハクヤに尋ねられて俺は頭をガシガシと掻いた。

「会わなきゃならないだろう。聞き出さなければならないことは山ほどあるし、国王としての判断を求められる場面もあるだろうしな」

「それは……心配だわ」

リーシアに辛（つら）そうな顔で言われて胸が締め付けられる思いだったけど、それでも、行かなければならない。リーシアたちや子供たちのためにも。

「もちろん感染予防は徹底して行くつもりだ。ただうちには生まれたばかりのエンジュやレオン、産んだばかりで体力がもどっているかわからないジュナさんやロロア、まだ小さいシアンとカズハもいるからな。ゲルラとの面会後はしばらく城内の端にでも自主隔離されることにする」

　こういうときは王城のだだっ広さが便利だな。政務はコーボーアームを使えば誰にも会わずに行えるし問題もないだろう。家族と会えなくなるのは淋しいけど……。

　すると、リーシアがクスクスと笑いながら俺の頬を両手で挟んだ。

「それなら、いまのうちに触っておこうかしら」

「いや、後にしてもらえる？　ハクヤやユリガも見てるし」

　二人の方を見ると、ハクヤは付き合ってられないという風に、ユリガは少し顔を赤らめながらそっぽを向いていた。……なんか恥ずかしい。

　俺はリーシアの手をそっと引き剥がすと、ハクヤに命じた。

「ハクヤ、ヒルデとブラッドに連絡してくれ。ゲルラを診てもらうことになるだろう」

「よろしいのですか？」

「なにかわかったら教えるって約束だからな。患者が向こうから来たのなら、診せないわけにはいかないだろう。少しでも情報が欲しいところだしな」

「承知いたしました」

　こうして王国側ではゲルラを迎え入れる準備を進めるのだった。

　数日後。ゲルラ・ガーランが用意してあった滞在施設（という名の隔離場所）に到着し

たとの報告を受け、俺はできるかぎりの準備を整えた上で施設へと向かった。

今回はいつもの護衛役であるアイーシャやナデンの同行を断り、黒猫部隊の護衛二名を連れて現地へと向かった。アイーシャはすごく渋ったけど、家庭内隔離者を増やしたくないので今回は我慢してもらうことにした。

施設に到着すると、俺と護衛は布製マスクを着用し、入り口でアルコール消毒をして中に入った。前に居た世界だったら不織布マスクとか防護服とかあったけど、この国でいま現在できる防疫措置はこのくらいしかない。やれることはやらないと。

中に入るとまずはヒルデとブラッドのもとへと案内された。

二人には先行してゲルラの様子を診てもらっていたのだ。

ちなみに二人の娘ルディアは大事を取って、王城の保育所でトモエちゃんのお母さんたちに預かってもらっている。診療室のような部屋でヒルデとブラッドと顔を合わせたとき、二人は心痛そうな顔をしていた。ゲルラの様子を尋ねると、

「あの体調で大陸を横断してきたなんて、とても信じられないよ。どこで行き倒れたっておかしくないさね」

ヒルデは「バカじゃないのか」といった顔で言った。

「……そんなに悪いのか？」

「悪いなんてもんじゃないよ！　あんなの……いつ命の火が消えたっておかしくない」

「あいつのローブの下はほとんど骨と皮の状態だった」

壁に背を預けながら立っていたブラッドも言った。

「ほとんど気力だけで命を繋いでる状態だ。あそこまで来ると……ハッキリ言って、俺たちには手の施しようがない」

「そんなに……」

「ったく、だから武人は嫌いなんさ。命を軽く見て、自分の命さえ大事にしない」

憎まれ口を叩いていたけどヒルデの目は悲しげだった。

医者として患者を救えないことの歯がゆさを感じているようだった。

しかし……だとするとわからないな。

「そんなに体調が悪いなら、なぜこの国に来たんだ？　この国の医療なら治せるとでも思ったのだろうか？」

俺がそう口にすると、二人はそっと目を伏せた。

「それは……王様が彼の口から直接聞くべきことさね」

「ああ。俺たちの口から言うべきことじゃない」

ヒルデとブラッドにそう言われ、俺はとりあえずゲルラに会うことにした。

ゲルラに与えられた部屋は施設の東端にあった。

ノックをして中に入ると、まず部屋の真ん中にあるガラスが見えた。この部屋は扉側とベッド側の間に、出入りするための扉を除いてガラスで仕切られていたのだ。

まるで留置所か刑務所の面会室のようだった。

部屋に入ったとき、ゲルラはベッドから身体(からだ)を起こしていて、窓の外を眺めているようだった。俺が近くにあった椅子に腰を下ろすと、ゲルラはゆっくりとこっちを向いた。

その表情には病の苦しみも、自身の運命に対しての悲愴(ひそう)さもなかった。

ただすべてを受け入れた男の顔……それこそ牢屋(ろうや)の中で元陸軍大将ゲオルグ・カーマインがしていたような顔をしていた。

「ゲルラ殿」

「……ソーマ殿」

互いを呼び合う。初めて会ったときとは空気感が違っていた。

いつぞやの傲慢な様子はなく、むしろ物静かで穏やかな印象だった。

なんと声を掛けたらいいか迷っていると、ゲルラが頭を下げた。

「一別以来です。お会いできて良かった」

「……そうか。こちらとしては、歓迎はできない。病を持ち込まれたわけだしな」

「すみません。申し訳なく思っています」

「『精霊王の呪い』か？」

「はい。そう呼ばれている病に罹っています」

真(ま)っ直(す)ぐに俺の目を見て話すゲルラ。なにか秘めた思惑がある感じでもない。憑(つ)き物(もの)が落ちたようというか、後ろ暗さのようなものはまったく感じられなかった。

俺は肘掛けに頬杖(ほおづえ)を突きながら言った。

「初めて会ったときとだいぶ印象が違うな。前はもっとこう……」

「傲慢でしたか？」

「まあ……そうだな。交渉事には向いてない感じだった」

「未熟だったのです。百年以上生きてきて、なお未熟でした。国も、私自身も」

自嘲と言うには穏やかな微笑(ほほえ)みで、ゲルラは頭(かぶり)を振った。

「ですが、いまならその未熟さも理解できるようになりました。己の最期を知り、我が身を省みれば……自分はなんと未熟だったのだろうか、と」

「最期……貴殿は自分の病状を？」

尋ねると、ゲルラは頷いた。

「同じ病で死にゆく者たちを見てきました。そして自分の身体は自分が一番わかります。もう……私に残された時間はわずかでしょう。長命種族のハイエルフといえど、病の前ではこんなものです」

「……」

自分の死期を悟っているのか。この穏やかな雰囲気も、自分の死を受け入れているからこそのものなのだろう。俺はさっきヒルデにも尋ねたことを尋ねることにした。

「貴殿はなぜ、この国に来た？　この国ならば治療できると思ったのか？」

するとゲルラは静かに首を横に振った。

「いいえ。長く苦しむ我々がいまだもって原因を特定できない病です。病気の発生していない王国に治療薬があるとは思えません」

「ならばなぜ？」

「いまはなくとも、いずれ作れるとしたらこの国だと思ったからです。そのために、この身体と命で、できることをしに来ました」

そう言うとゲルラは一箇所を指差した。

彼が指し示す先にはテーブルがあり、そこには一通の書状が置かれていた。

……読めということだろうか。俺はその書状を手に取り、目を通した。

「っ!?」

そして、そこに書かれていた内容に言葉を失った。これは……こんなの……。

「……正気か？」

なんとかそれだけ絞り出すと、ゲルラは頷いた。

「この病の解明のために、この病身を提供いたします。残り少ないこの命ですが、どのような検査にも、どのような治験にも応じましょう。そして死後はこの身体を解剖し、病の正体を突きとめていただきたい。その書状はこの身体を好きにして良いという確約書です。私と、精霊王国国王ガルラの連名でのサインがあります」

……つまり、国王公認で人体解剖の献体をするために来たというのか。

さながらハツカネズミやモルモットのように。

（ヒルデやブラッドが言葉を濁していたのはこれか……）

「なぜ……そこまで……」

「この国を見てしまったからです」

　ゲルラは小さく笑いながら言った。

「この国には他の国にはないものがある。整備された道路、娯楽番組を映し出す宝珠、見たことのない食べ物、聞いたことのない歌……そしてそれらの新しいものを享受し、それぞれの生を謳歌(おうか)する国民たち。初めて見たときは驚かされました。精霊王国が国を閉じている間に、外の世界ではこんなに新しい文化が生まれていたのかと」

「……」

「同時に悔しくもあり、蔑んでもいました。当時の私は精霊王国での価値観こそすべてでしたから、このような軽薄なものは我らハイエルフにはふさわしくないと。……狭量だったのです。もし、柔軟に受け入れられていれば、貴国ともっと良い関係が築け、この病に対しても素直に協力を求めることができたかもしれません」

「ゲルラ殿……」

　するとゲルラは気を取り直すように頭を振った。

「……いまさら言っても詮なきことです。ただ、私の中で新しいもの……それこそ『精霊王の呪い』の治療法を生み出すことができるとしたら、この国をおいて他にはないと思ったのです。だからこそこの身体を研究に役立ててもらいたいと。そしてその思いは、再度この国を訪れて確信に変わりました。ゴンザレス殿から医者や病院などの話を聞いたからです。この国ならば、私の死を意味あるものとしてくれると」

「……そういうことか」

意味ある死。無駄ではない死。それがゲルラの望みだったのだ。

そのためだけに病をおしてこの国までやってきたのだ。

自分の命で同朋(どうほう)をこの病から救えるならばと。

最初から死ぬためにこの国に来たとも言える。俺は小さく溜息(ためいき)を吐(つ)いた。

最初から自分の生を捨てている姿勢は、個人的には好きにはなれない。

だからといって、いまの彼にそのことを告げられるほど冷血にもなれなかった。

「わかった。貴殿の望むとおりにしよう」

俺がそう告げるとゲルラは喜色を浮かべた。

「おお、ありがとうございます」

「もう会っただろうが、ヒルデとブラッドはこの国で一、二を争う名医だ。気休めだと思うかもしれないが……貴殿の献身と彼らの技術があれば、この病の解決策を見つけ出してくれると俺は確信している」

俺の言葉にゲルラもしっかりと頷いた。

「私も、そう信じています」

「……それじゃあ、俺はもう行くよ」

俺は席から立ち上がった。多分、彼とはこれが今生の別れになるだろう。

そんな予感をひしひしと覚えながら、俺は彼を見た。

「望みがあったらここの者たちに言ってくれ。可能なかぎり叶えるよう言っておく」

「ご配慮、感謝します。どうか、お健やかに」

「……ああ。貴殿のこの国での滞在が少しでも長く穏やかであることを願っている」

そして俺はゲルラの部屋をあとにした。


ゲルラが亡くなったという報告が届いたのは、それからしばらくしてのことだった。

人類の医学の進歩はこういったことの繰り返しだ。

医療に携わる者たちはできるだけ多くの人を助けたいと願い、研究する。

病に倒れた者たちは、せめて自分の死が無駄ではないことを願い、同じ病で死なないですむような世界になるようにと願う。患者が献体として自らを差し出したことによって明らかになり、治療の道筋を見出すことができた病も多い。

患者と医者の垣根を越え、国と国との垣根を越えて、病に立ち向かうことができる。

それこそ、人類の名のもとに。

◇◇◇

「………」

日に日に身体が衰弱していき、もう昼夜の感覚さえ曖昧になっていたゲルラが目を覚ましたとき、部屋を隔てるガラスの向こう側に一人の女性の姿が見えた。

透けるような白い肌。尖(とが)った耳。そして赤い瞳。

それらはすべてハイエルフの特徴だった。

「……なぜ、ここにハイエルフが」

「あっ……目を覚ましたのですね」

女性はガラスに近づきながら言った。

「まさかこの国で同朋と顔を合わせることになるとは思いませんでした」

「そなたは一体……」

ゲルラが尋ねると、女性は胸に手を当てながら小さく会釈をした。

「私はメルーラ・メルラン。島を出るという禁忌を犯した者です」

「っ……そうか、そなたがメルーラか」

ゲルラは一瞬複雑そうな顔をしたが、すぐにフッと力を抜いた。

「そういえば、王国に居たのだったな……」

「ええ。ここ数年は」

「それで？　なぜ……そなたはここに？」

「ヒルデ医師に呼ばれたのです。『精霊王の呪い』の解明のため、健康なハイエルフの血液などがほしいと言われて。この国に居るハイエルフは私と貴方(あなた)だけですから」

実際は血液以外にも唾液や尿や便などの提出も求められていたのだが、そこはメルーラも女性であるため触れなかった。ゲルラはふうと長い息を吐いた。

「そうか……迷惑をかけてすまない」

「本当ですよ」

そう言いながらメルーラはガラスにそっと手を触れた。

「そんな身体になってまで、この国に来るなんて……」

「この病の解決法を見つけられるとすればこの国しかないと思ったのだ。そしてメルーラ……そなたが居たことで確信に変わったよ」

「私は医者でもなんでもないんですよ？」

「そなたのような破天荒な者が普通に暮らしている。その事実だけで、この国の学問への取り組み方が察せられるというものだ」

そう言ってゲルラは小さく笑った。

「そなたが国を飛び出した後、そなたに憧れて外の世界に関心を持つ若い世代が増えて、抑え込むのに苦労させられたものだが……いまにして思えば、そなたのほうが正しかったのかもしれない。我らが国を閉じている間に、外の世界はこれほどまでに進歩していたのだからな」

するとメルーラは苦笑しながら肩をすくめた。

「この国は色々進歩しすぎなので基準として考えるのは無理があるんですけどね」

「それでいい。我々の国も変わっていかねばならないだろう……」

　ゲルラがそう言うと、メルーラは目を伏せた。

「私が国を出たのは先代国王の時代でした。国王には二人の息子がいて、兄のガルラは武勇の人、弟のゲルラは知勇兼備の人という印象でした。いまは兄のガルラ殿が王位を継いでいるのでしょう？　変わっていけるのですか？」

　メルーラがそう尋ねると、ゲルラは穏やかな表情で頷いた。

「問題ない。いまのガルラは力だけの頑迷な人ではないよ」

「そう……なのですか？」

「ああ……その子、エルル姫も聡明だ……精霊王国は大丈夫だろう……」

　意識が朦朧としているのかゲルラの瞼はいまにも落ちそうだった。

「ゲルラ殿っ」

「メルーラ……私の代わりに、見届けてくれ……病の終わりを……」

　メルーラが見守る中、ゲルラの身体から一切の力が抜けた。そこにはすでにあらゆる苦痛や責任から解き放たれた、空っぽの顔があるだけだった。すべてを察したメルーラは、自然と流れ落ちた涙を拭うと、ガラスに手を当てながら言った。

　――おやすみなさい、ゲルラ殿。

第八章 ◆ 調査

——一週間後。

ことの顛末(てんまつ)を報告しにヒルデとブラッドが王城の政務室にやってきた。

なぜか二人と一緒にメルーラの姿もあった。

俺もヒルデもブラッドも一応の隔離期間は経ている。その間にもゲルラの足取りは調査していたのだけど、国内に新たな感染者は出ていなかった。明らかに接触していたゴンザレスも無事だ。やはりこの病は人から人へ感染するものではないのだろう。

リーシアとハクヤが同席する中で、ヒルデはまずゲルラの死亡した経緯を伝え、彼の遺言どおりにブラッドが解剖を行ったことを語った。

それが彼の望みであり、そうするようにという彼と精霊王国国王の連名のサインがある書状を受け取っているとはいえ……なんともやるせない気分になった。

「彼の死は、無駄じゃなかったんだよな？」

居たたまれなくなってそう尋ねると、ヒルデは頷いた。

「もちろん。彼の身体からいろんなことがわかったよ。この病の厄介さもね」

「それなら……良い。彼の遺体は？」

「必要なサンプルは確保し、遺体には俺が防腐処理を施した」

　ブラッドがそう答えた。

「外側だけを見れば綺麗なものだろう。折を見て、家族のもとに帰してやってほしい」

「病死の遺体だろ？　火葬しなくて大丈夫なのか？」

「この病は死体から感染するような類いのものではない。問題ないだろう」

「そうなのか……それで、なにかわかったのか？」

　尋ねると、ヒルデとブラッドは神妙な顔で頷いた。

「あたしがゲルラ殿から症状を聞き取った結果と、ブラッドが実際に彼の身体を調べた結果に差があることがわかった。つまりゲルラ殿の感じていた身体の不調と、彼の身体に起きていた不具合とは必ずしも一致するわけではないということさね」

「ん？　どういうことだ？」

「この病気の症状は多岐にわたるんだけど……」

　ヒルデはペラペラと手にした書類をめくった。多分カルテなのだろう。

「あっ、これなんかそうだね。肌に痒み、或いは突き刺すような痛みが走ることがあると言っている。問診だけだと、なにかの中毒症状のように思えたよ」

「中毒？　毒物の影響ってことか？」

　病ではなかったのか？　病ではなく魔物の毒によるものだとすると、戦士たちばかりがかかるというのも納得ができるけど……。

「いいや、そうとも言い切れん。俺が調べたかぎりでは皮膚に関してはなんら問題はなかった。むしろ内臓のほうがボロボロだった。症例としては寄生虫による感染症が近いように思う」

ブラッドがそう補足した。ヒルデも頷く。

「問診だけだとなにかの中毒症状のように思える。実際に身体を開いてみれば寄生虫による感染症のように見える。となると二つは同時に起こっていると考えるべきさね。体内に入った虫がなんらかの毒を発生させていると」

「となると……必要なのは解毒薬より虫下しか。寄生虫のほうをなんとかしないかぎり根本的な解決にはならないだろうし」

俺がそう言うと、ブラッドは首を横に振った。

「虫下しじゃダメだ。それで出せるのは虫が消化器官の中にいるときだけだしな。残念ながら胃腸の中に虫は見つからなかった」

「ん？　それじゃあ虫はどこに？」

「その説明のためにメルーラ殿に来てもらったのさね」

ヒルデに促されてメルーラが前に出てきた。

「ソーマ殿。貴方はジーニャに魔素についての調査を依頼していましたよね？　あのときは私も同席していたので知っています」

「ああ。たしかに」

魔素＝ナノマシンなのではないかという可能性。

それが浮かび上がったとき、俺はそのナノマシンの塊なのではないかという呪鉱石（カースこうせき）とも、ジーニャやメルーラに優先しての調査を依頼していた。

「回復魔法は体内のナノマシンの働きによるもの。私はその考えを聞いたとき疑問が浮かび、ジーニャと話し合っていました。『魔素＝ナノマシンが体内にあるとして、それはどこに滞在しているのか？』って」

「どこに？」

「小さければ小さいほど出せる力は限られると思います。小さいものが大きな力を出すためには、数を集めて力を結集させるしかありません。ケガを治療するためには素早く体内の魔素を集める必要があります。つまり大きな道のようなものが必要なのです。そして人体全体に張り巡らされた道のようなものと言えば……」

メルーラは用意してあった人体の解剖図にバンと手を置いた。

「血管です。魔素は血液の中を漂っている。それが私とジーニャの考えです」

「なるほど……」

血液の中をナノマシンは漂い、身体を循環しているのか。

自分の血の中をナノマシンとはいえ異物が漂っているというのは、考えようによってはゾッとする話だけど、ここがあの世界から見てはるかな未来の世界だと言うのなら、そういうことも可能なのかもしれない。メルーラは話を続けた。

「そして今回の『精霊王の呪い』という病。特徴に魔法が使えなくなり、回復魔法も効かなくなると聞きました。これはこの病が体内の魔素に対してなんらかの干渉を行っていると考えられます。そして魔素は血液の中に存在していると考えられている」

「つまり、虫は血液の中にいるってことさね」

ヒルデが結論を述べながら、二つの小瓶を取り出した。

密閉されたその小瓶の中には赤黒い血液だと思われるものが入っていた。

「一つは『精霊王の呪い』に冒されたゲルラ殿の血液。もう一つは健康なメルーラ殿の血液さね。あたしの『第三の目（サード・アイ）』で見たところ、たしかに蠢（うごめ）く虫の姿が確認できたよ」

ヒルデが自身の額にあって宝石のように見える『第三の目（サード・アイ）』を指差しながら言った。

血液の中に巣くう虫か……あっ。

「日本住血吸虫や広東（カントン）住血線虫みたいなヤツか！」

「なんなの？　それ」

リーシアに尋ねられて、俺は説明した。

「俺がかつて居た世界に実際に存在した風土病だ。皮膚から体内に入り込んだ寄生虫が、血管の中に住み着いて繁殖し、宿主となった人を蝕（むしば）んでやがては死に至らしめる……恐ろしい病なんだ。たしかに血管の中に巣くう虫は存在する」

俺の説明を聞き、メルーラは頷いた。

「その病気自体は知りませんが、血管の中に巣くう虫が魔素に影響を与えると言うのなら、中毒症状が起こるのも理解できます。魔素が三ツ目族にも見えないほど超小型の機械だというのなら、どんな材質が使われているかわかりません。正常な機能を果たさなくなった材質不明の機械が体内に流れることになれば」

「身体に良いわけがないわな」

なんだか納得できてしまった。ナノマシンにどんな材質が使われているかはわからないが、仮に金属だったとして血液の中を流れれば中毒症状も引き起こすだろう。

カドミウムがイタイイタイ病を、有機水銀が水俣病（みなまたびょう）を引き起こしたという歴史もある。

朧気（おぼろげ）ではあるが『精霊王の呪い』の全容が見えてきた気が……いや、待てよ。

「ヒルデは寄生虫の正体がわかれば治療できるんじゃなかったか？」

たしか寄生虫の正体がわかり、寄生虫がどういう悪さを働くか理解すれば光系統魔法で治療可能だという話だったはずだ。それ故に宗教国家に狙われる可能性があると。

その報告を受けて以来、我が国では医者志望の光系統魔導士に医療知識を与えて、ヒルデと同じことができる者の人数を増やす努力をしてきた。

まだ秘密裏にではあるが、その数は着実に増えてきている。

するとヒルデは残念そうに首を振った。

「あたしの魔法でも、ゲルラ殿の治療はできなかったよ」

「おそらくヒルデ殿の魔法は体内の魔素を使って、寄生虫を排除するような魔法だったのでしょう。駆除すべき虫によって体内の魔素をすべて機能不全にさせられてしまった後では……もう手の施しようがなかったのだと思います」

「……そうか」

ゲルラの場合は手遅れだったんだな。……いや、それでもだ。

「それでも、まだ軽い症状の者は救えるんじゃないか？　体内の魔素がまだ使えるうちなら、魔素で寄生虫を排除できるんじゃ？」

「ええ。その可能性はあります」

俺の予想をメルーラは肯定した。

ゲルラの死は決して無駄じゃなかった。希望の光が見えた気がした。

「だから王様！」

するとヒルデがズズイと前に出てきた。

「それを確かめるためにも、あたしらを患者のいる現地に行かせてくれないかね？」

ヒルデに真剣な目でそう言われ、俺は頭をガシガシと掻いた。

気持ちはわかるし、その必要性があるのもわかる。でも……もしヒルデとブラッドになにかあったときのリスクを考えると、おいそれと許可は出しづらい。

「お気持ちはわかりますが、賛同しかねます」

俺が考え込んでいるとハクヤが言った。

「お二人は王国医学界の双璧です。お二人にもしものことがあれば大きな損失ですし、もし、お二人の留守中に王国内でこの病が発生したらどうするのです？　ヒルデ殿が治療にあたることもできないのですよ？」

　するとヒルデは真っ向から反論した。

「それなら大丈夫さね。王様肝いりの政策として、あたしのように光系統魔法で寄生虫の治療にあたれる人材を増やしてきたんじゃないか。この虫に関することはキッチリ教えてから行くし、仮に王国でこの病が発生したとしても治療できるはずさね」

「ですが……」

「いや、この場合はヒルデの言うとおりにすべきだと思う」

　考えをまとめた俺はハクヤの言葉を制して言った。

　ハクヤはジッと俺の目を見てきた。

「……本当によろしいのですか？　陛下」

「この手の病気は初動が重要だ。病気の正体がわからないうちは迂闊(うかつ)なことはできないけど、今回はヒルデたちがその正体を突きとめてくれた。相手の正体がわかっているなら、最初から最強戦力を投入して一気に幕引きを図るべきだ」

　初期対応を間違えれば後手後手に回る。それはかつて居た世界の歴史が教えてくれていた。ヒルデとブラッドも力強く頷いた。

「王様の言うとおりさね。この手の病気との闘いで時間は敵だよ」

「そうだな。幸い、感染の仕組みに見当が付いているから治療側の安全は確保できるだろう。黒衣の宰相……俺とヒルデに任せては貰(もら)えないだろうか」

二人にそう言われ、ハクヤはやがて観念したように頷いた。

「わかりました。もとより私は医療に関する知識は持ち合わせてはおりませんし、陛下とお二人のお考えに従いましょう」

「すまないハクヤ。俺が決断を迷ったから、お前に苦言を呈させてしまった」

「お気になさらず。それが宰相の役目です」

こうしてヒルデとブラッドの現地への派遣が決まった。

二人は準備が整い次第、まずはフウガから譲られた大陸西岸の港街に行ってもらい、そこからフウガの力も借りて父なる島へと向かうことになるだろう。

「問題は誰を同行させるかだけど……」

「まさか、ソーマも行く気なの？」

リーシアがそう尋ねてきた。とても心配そうな顔をしている。

俺はそんな彼女の心配を払拭するように、肩に手を置いて静かに首を横に振った。

「いや、いますぐ同行はできない。付いていった方が政治的な判断が必要な場面で即断即決できそうだけど……俺は俺でやらなきゃいけないことがありそうだ。多分、俺にしかできないことだろうし」

「そうなの？」

「ああ。だけど、さっきも言ったとおり可能なかぎり最強の布陣で行ってもらう。だからまず、トモエちゃん、イチハ、ユリガの三人には行ってもらう」

「トモエって……子供たちを行かせるの⁉　危険すぎない⁉」

驚くリーシアに俺は真面目な顔で頷いた。

「ああ。危険があるのは承知している。だけど……ヒルデ、お前はこの病気が戦士ばかりがかかることから、戦った魔物由来のものだって推測を立てていたよな？」

話を振るとヒルデはコクコクと頷いた。

「えっ、ああ、そうさね。血管の中に住み着くってことを考えると、おそらく魔物の体液に触れてしまったことが感染の原因のように思われる。斬ったり突いたりして飛び散った体液が身体に付着して、皮膚から中に入り込まれたのかもしれない」

「だとすると、感染拡大を防ぐためには【どの魔物が】寄生虫を持っているか……いや、魔識法で考えれば【どの部位を持っている魔物が】かもしれないな。それを早急に調べなくちゃならない。そのためには魔物のスペシャリストであるイチハの知識と、トモエちゃんの能力が有効だ」

「それはわかるけど……ユリガは？」

リーシアに尋ねられて俺はガシガシと頭を掻いた。

「フウガの勢力圏に行かせるわけだからな。妹のユリガが二人の近くに居れば牽制にもなるだろう。仮に子供だと侮って非協力的な態度をとる者がいたとしても、主君の妹が睨みを利かせれば協力的になるはずだ。逆にイチハの重要性を理解している者が彼を拐かそうとしても、ユリガの不興を買うような強硬手段は取りづらいだろうし」

「そう……いろいろ考えた上での判断なのね……」

リーシアは頭では理解していたようだけど、やはりどこか心配な様子だった。

「もちろん子供たちには護衛も付けるけど……ハクヤ」

「はい」

「向こうで政治的な判断が必要になる場面もあるだろう。子供たちの引率も兼ねて、お前も行ってもらえるか？」

そう尋ねるとハクヤは少し驚いた顔をした。

「私も、ですか？」

「病の流行っている地域に宰相を送り出すのは不安だけど、頼まれてくれるか？」

「陛下のご命令とあらば。たしかに陛下か私のどちらかが現地入りしたほうが、判断に時間を掛けずに済むでしょう。しかし、先程陛下はご自身にはやることがあると仰っていました。私が王城から離れて大丈夫なのでしょうか？」

「ああ、そっちは問題ない。……いやまあハクヤが居てくれたほうが心強いのは確かなんだけど、相談役にユリウスもいるからな。ここは適材適所でいこう」

「承知しました。その任、お受けします」

よし。これで一先ず派遣するチームが決まったな。

「それじゃあ大陸西岸の港街から父なる島へと向かうのはヒルデ、ブラッドとその弟子たちで構成された医師団、宰相ハクヤにトモエちゃん、イチハ、ユリガの子供たち三人組、それと護衛としてイヌガミ他黒猫部隊だ。あっ、ヒルデたちの娘さんはどうする？　このまま王城で預かろうか？」

そう尋ねるとヒルデとブラッドは顔を見合わせた後で、首を横に振った。

「いつ帰れるかわからないからねぇ。ルディアも連れて行こうかと思う」

「対策さえ取っていれば感染のリスクは減らせるだろうしな」

二人は連れて行くつもりのようだ。

まあ二人の娘ルディアちゃんはシアンやカズハの一つ上くらいだしな。ずっと預けておくのも心配だろう。二人がそう判断したのならそれで構わない。

さてと……派遣組はこれで良いとして、王国に残る俺たちも動き出さなくては。

「リーシア。ユリウスに使いを出して至急王城に出仕するよう伝えてくれ」

「ラスタニア王家の邸宅ね。わかったわ」

「それとハクヤ、出掛ける前に共和国のクー、九頭龍（くずりゅう）諸島連合のシャボンに連絡を取って放送会談をセッティングしてくれ」

「承知しました」

よし、これであらかた方向性は決まったな。俺は立ち上がって言った。

「それじゃあみんな、それぞれ全力を尽くそう」

「「「はっ」」」

――それから凡(およ)そ一週間後。

ザザーン……トプ……ザザーン……トプ……。


「……海ね」

「……海だね」


フリードニア王国が、大虎王国から譲られた大陸西岸の港街。

その船着き場にトモエとユリガが並んで立っていた。

聞こえるのは波の音と、近くに係留された小舟が波に持ち上げられ揺れる音。するとユリガは背中の翼を広げてパタパタと動かした。

「海を見るのは好きだけど、潮風は嫌いなのよね。九頭龍諸島でもそうだったけど、浴びてるとなんか羽がペタペタしてくるし」

「ユリガちゃんったら、私たちは遊びに来てるんじゃないんだよ？」

「わかってるわよ。……ところでイチハは？」

「ハクヤ先生と魔物の情報を集めてる。どの魔物がこの病気を引き起こしているか突きとめたいんだって。父なる島に行くためにもある程度目星は付けておきたいみたい」

トモエがそう説明するとユリガはニヤッと笑った。

「ま、実際に魔物がいるところに行かなきゃ、アンタの能力も役に立たないものね」

「む～、そういうユリガちゃんだって暇してるじゃない」

「私はここにこうして立っているだけで役に立ってるわよ。アンタのお義兄さんからも頼まれているしね」

ユリガは出発前にソーマに呼び出され、トモエとイチハに対してフウガ軍がなにかちょっかいをかけてきたり、侮った態度をとらないよう目を光らせ、守って欲しいと頼まれていたのだ。そのときにユリガは尋ねた。

『あの……二人になにかあったら、私ってどうなりますか？』

『そうだな……もし二人に万が一のことがあったら、もうこの国に置いておくわけにはいかないな。フウガの国と全面衝突になるかもしれないし』

『そ、そこまで……』

『まあ、そんなことにはならないと信じているけどね』

そう言ったときのソーマの目は、いつもの気の抜けた印象とはほど遠く、権力に物を言わせることも辞さない国王のものだった。ソーマにとって家族がどれほど大事であり、手を出してはいけない逆鱗部分であることを、ユリガはしっかりと理解したのだった。

『は、はい！　もちろん、二人のことは私が責任を持って守ります。まだまだこの国で学びたいですし、追い出されたくありませんから』

ユリガがそう答えると、ソーマの雰囲気はふっとやわらかくなった。

そして年下で立場的にも下のユリガに対して、軽く頭を下げながら言った。

『二人のこと、よろしくお願いする』

（………）

そのときのことを思い出して、ユリガは「ふう」と息を吐いた。

（『まだまだこの国で……』か。私はいつまで、みんなと一緒に居られるんだろう）

勉強のできではイチハやトモエには劣っているが、歳の割には十二分に賢いユリガは、自分の置かれている立場を正しく理解していた。

アカデミー卒業まではトモエたちと一緒に居られるだろう。

だけど、その先は？　自分はどうなるのだろうか？

ユリガはフウガの数少ない肉親だ。

そして王の妹となれば政略結婚の道具として利用されることは目に見えている。この世界の王族にとっては自然なことであり、ユリガもそれが当然だと思っていた。

だけど……自分はどこに嫁ぐのだろうとは考えてしまう。

フウガが誰を敵とし、誰を味方にしたいかで嫁ぎ先が変わることだろう。

（………）

ユリガはチラリとトモエを見た。

この子はきっとフリードニア王国に根を下ろすだろう。

最近気になっている様子のイチハをお婿さんに迎えるのかもしれない。

ルーシーやヴェルザもこの国で暮らしていくことだろう。

そのとき、自分は誰とどこにいるのだろうか？

そう考えると胸の中にモヤモヤとしたものが湧いてくる。

（……なに考えてるんだろう、私）

いっそ吐き出してしまえば楽になるのかもしれない。

だけど、トモエには言えない。

彼女とは立場が違いすぎるし、それになにより……なんか癪だった。

（私と立場が近い人というと……あっ）

不意にその人の姿がユリガの脳裏に浮かんだ。

政略の一環として現国王に嫁ぎ、それでいていまもなお凜々しく輝いているように見える素敵な女性。隣に立っているトモエの義理の姉。

（帰ったら……話……聞いてもらえるかな……）

ユリガがそんなことを考えていた、そのときだった。

「船が来たぞー！」

誰かが叫んだ。すると海の向こうから帆が上ってくるのが見えた。

「来た、ユリガちゃん」

「わかってる。出迎えるわよ」

二人はただ船着き場で暇を持て余していたわけではなかった。

今日、父なる島から『精霊王の呪い』にかかった患者の第一陣が到着することになっていて、その出迎えを頼まれたのだ。

「第一陣は比較的軽症な人が来るんだっけ？」

トモエが尋ねるとユリガは頷いた。

「ええ。それと軍を率いる立場の人もね。部隊が機能しなくなるし。だから……」

到着した大型船を見上げながらユリガは思った。

（多分、この船にはシュウキン殿が乗っているはず）


大型船が接岸すると、トモエとユリガは船のほうへ駆け寄った。

そこではすでに〝積んできたもの〟を下ろす作業が行われていた。船の縁の部分からスルスルと、四つの持ち手を縄で固定されたタンカが下りてきている。

「病人が乗っているのです！　慎重にお願いします！」

すると上からそんな元気の良い若い女性の声が聞こえて来た。

トモエとユリガが見上げると船の縁の部分に、透き通る白い肌に尖（とが）った耳を持った美しい女性が立っているのが見えた。

「エルフ族？」

「精霊王国のハイエルフじゃない？」

二人がそんなことを話していると、その女性がひょいっと船から飛び降りた。

結構な高さがあったにもかかわらず、エルフ族の女性はしなやかな動きで着地すると、びっくりしている二人の前に立った。

「子供？　これから病人を運ぶから近づかないほうが……あら？　貴女(あなた)の背中の羽」

エルフ族の女性はユリガの背中の羽を見て目を丸くしていた。あからさまに子供扱いされたことに少しムッとしたユリガは、腰に手を当てながら胸を張った。

「私は大虎王フウガの妹ユリガ。こっちはフリードニア国王ソーマ殿の義妹トモエよ」

「ど、どうもです」

引き合いに出されたトモエは困ったように笑いながら会釈をした。

するとエルフ族の女性はビックリした様子で慌てて一礼した。

「あっ、し、失礼しました！　私は精霊王国国王ガルラの娘でエルルです！　他国の姫君方とは気付かず申し訳ありません！」

「あの、そんな……畏(かしこ)まらないでください。エルルさんもお姫様ですし」

敬われることが苦手なトモエがそう取りなすと、エルルは「そ、そうですか？」と顔を上げた。するとユリガの溜飲(りゅういん)も下がったようで、あらためてエルルに尋ねた。

「それでエルル殿。この船にシュウキン殿は乗っているのですか？」

「えっ、あーはい。シュウキン様でしたら……」

「ここです。ユリガ様」

すると下ろされたばかりのタンカに掛けられた毛布からにゅるりと手が出て、三人のほうにゆっくりと振られたのだった。ユリガはハッとしてタンカに駆け寄ると、そこに横になっていたのは以前見たときよりも青白い顔をしているシュウキンだった。

「シュウキン殿……」

「あはは……お久しぶりですね、ユリガ様。お元気そうでなにより。このような姿で申し訳ない」

「いえ……そんな……」

明るい調子で言うシュウキンだったが、言葉の端や表情から無理していることを隠し切れておらず、ユリガは言葉を失った。すると彼女の両肩にポンと手が置かれた。振り返るとトモエが柔らかな笑みを浮かべながらコクリと頷いた。

トモエはユリガの肩越しにシュウキンを覗き込みながら言った。

「こんにちは、シュウキンさん。ユリガちゃんの友達のトモエって言います」

「ソーマ殿の義妹殿ですね。魔浪のときに遠目で見た記憶があります。この度は私の不甲斐なさにより、フリードニア王国の方々にまでお手数をおかけして申し訳ありません」

「そんな！　シュウキン殿はお兄様の代わりを立派に果たしてくれました！」

ユリガがそう言うと、エルルも「そうです！」と同意した。

「シュウキン様は私のことを何度も救ってくれました。私だけじゃありません。父なる島を解放できたのもシュウキン様たちの奮闘があったればこそです」

するとエルルはトモエの両手をしっかりと握りしめて頭を下げた。

「ですから、お願いします。私にできることがあればなんでもします。フリードニア王国の方、どうか……どうかシュウキン様をお救いください」

「わ、私に言われてもなにもできないのですが……」

必死に頼み込まれてトモエはアタフタとしていた。

ただ繋いだ両手からエルルの震えが伝わると、ふっと冷静になった。自分より不安を抱えている人を見て、これ以上不安を与えてはいけないと思ったのだ。

トモエはエルルの手をしっかりと握り返した。

「でも、義兄様の信頼するヒルデ先生やブラッド先生なら、『精霊王の呪い』をきっとなんとかしてくれるはずです。だから、大丈夫です」

「……はい！」

トモエに励まされ、エルルは頑張って笑顔を作った。

それを微笑ましく見ていたシュウキンは、傍に立っていたユリガに言った。

「ユリガ様。王国で、良き友を得られたようですね」

「腐れ縁よ。腐れ縁」

ユリガはツンとそっぽを向いた。シュウキンはクスクスと笑った。

「腐ってようが縁は縁です。私も友と一緒ならば……友のためならば万里の道も駆けて行けるというもの。願わくは、まだまだ駆けて行きたいのですが」

高い空を見上げて言うシュウキン。するとユリガは肩をすくめて見せた。

「できるわよ。あのチミッ子も言っていたでしょ？」

そして腰に手を当てながら胸を張った。

「まあこの感覚は実際に住んでみないとわからないでしょうけどね。フリードニア王国の底力はとんでもないわ。あの国が本気で動くなら、きっと、大丈夫よ」

「……凄い国なのですね」

「お兄様には侮らないよう度々手紙を送ってるわ」

そしてシュウキンは港街に建設された療養施設へと移動されることになり、トモエ、ユリガ、エルルの三人はそれに同行するのだった。

◇◇◇

——一方その頃。

港街に建設された研究所では、『魔物事典』を編纂した宰相ハクヤとイチハが、ガーラン精霊王国から送られてくる魔物の死体を記録し、『精霊王の呪い』に罹った兵士たちが交戦したという魔物の記録を精査していた。

また部屋こそ違うものの同じ建物の中では、外科医のブラッドが魔物の死骸や病死者の解剖を行い、元凶となる寄生虫の存在を顕微鏡を使って探していた。

いまハクヤとイチハが眺める大きなテーブルには、患者が交戦したという証言をもとにイチハが描いた魔物の絵が所狭しと並べられていた。

それを俯瞰するように見ていたハクヤは、やがて二枚の紙を手に取った。

「やはり疑わしいのはこれですかね」

「……はい。僕もそう思います」

ハクヤの言葉にイチハも頷いた。

ハクヤが手に取ったのは胸の部分が巻き貝の巨大蟻『スネイル・アント』と、針のある腹の部分が巻き貝の巨大蜂『スネイル・ビー』の絵だった。

共通しているのはどちらも身体に巻き貝の特徴を持っているということだ。

イチハは絵の中から巻き貝の特徴を持った虫形魔物を集めながら言った。

「こうして証言を並べてみると、同じように巻き貝の特徴を持っている虫形魔物が多いようです。そして貝類はよく火を通さないと〝アタル〟ことでも有名です」

「それも小さな虫……寄生虫の仕業だとヒルデ殿が言っていましたね。それと陛下が言っていた『風土病』でしたか。それも貝類が関わっていたとか」

ハクヤたちがこの港街に派遣される前。

今回の『精霊王の呪い』と、ソーマがかつて居た世界にあった風土病、『日本住血吸虫症』との間に類似点（血液の中に潜む寄生虫による感染症である点など）が見られたことから、ソーマはハクヤやヒルデたちにその病のことを伝えていた。

川の中に居た寄生虫が貝を中間宿主として成長し、やがて泥にまみれて農作業を行っていた人々に感染したという事例をだ。ソーマは小さい頃に社会科見学で昭和町にある風土伝承館に行ったことがあり、感想文も書かされたためかなり詳しく憶(おぼ)えていたのだ。

『小さい頃の記憶って結構憶えてるものだな。当時は感想文なんて面倒なだけだと思っていたけど、後々、なにが役に立つかわからないもんだ……』

ソーマはしみじみとそんなことを言っていた。

伝え聞いた風土病の知識を念頭に置きながら調べてみれば、患者と交戦した魔物の中には身体のどこかに巻き貝の特徴を持つものが多いことがわかったのだ。

ハクヤは口元に手を当てながら考え込んだ。

「おそらく『精霊王の呪い』は、身体に貝の特徴を持つ虫形魔物と交戦し、その体液を浴びたことによって感染するのではないでしょうか」

「そのとおりだ」

いきなり声を掛けられて振り返ると、白衣姿にお昼寝中のルディアを背負ったブラッドがやって来ていた。子連れ狼(おおかみ)ならぬ子連れドクターだった。ブラッドは白衣のポケットから二つの小瓶を取り出すと、二人が見ていた魔物の絵の上に載せた。

二人が覗き込むと液で満たされた小瓶の中になにか小さなものがあった。

「一つは『精霊王の呪い』で死亡した患者の体内から出てきた寄生虫だ。これはとくに大きいから肉眼でも見えるだろう？　ヒルデが第三の目（サード・アイ）で見たところゲルラの体内から発見されたものとも一致しているようだ」

「なるほど、つまりこれが……」

「この病を引き起こしている寄生虫というわけですか」

砂の一粒ほどの大きさしかないそれを見て、ハクヤとイチハは溜息（ためいき）を吐（つ）いた。

普段からメガネに頼っているイチハにはかなり見るのも厳しいくらいの大きさしかないこれが、多くの人々を死に至らしめた元凶だというのか。ブラッドは続けた。

「いつまでも名前がないのも不便だろう。血管の中に潜み、魔素を蝕（むしば）む虫……仮に『潜血（せんけつ）魔蝕虫（ましょくちゅう）』とでも呼ぼうか。そしてその潜血魔蝕虫の幼体と思われるものが、魔物の死骸の中からも見つかった」

そう言ってブラッドはもう一つの小瓶を見せた。

同じような小瓶だが、今度は中に入っている液体以外のものを見つけるのは困難だった。イチハには目を凝らしてみても見ることができなかった。

「この中に……幼体がいるのですか？」

「いる。目が良い者でも見えるか見えないかのギリギリくらいの大きさしかないがな。三ツ目族の第三の目（サード・アイ）や顕微鏡でようやく見えるレベルだ」

ブラッドはその小瓶をつまみ上げながら言った。

「これを見つけた魔物の死骸には、お前たちが言ったように巻き貝の部位があった。身体

に巻き貝の部位がある魔物の体液に触れることによって感染する……お前たちの見立てで間違いないだろう」

「人から人への感染はないのでしょうか？　感染者の血に触ったりしたら……」

イチハがそう尋ねると、ブラッドは腕組みをして首を捻った。

「やめておいたほうが良いのは確かだな。だが人から人へ感染する例というのはほとんどないようだ。血に触れたとしてもすぐに洗浄し消毒すれば問題ないだろう。それよりも戦闘中に魔物の体液に触れて放置するほうがよほど感染のリスクは高そうだ」

「罹らないための対処法はどのようなものが考えられますか？」

ハクヤが尋ねると、ブラッドは「そうだな……」と考え込んだ。

「まずは近づかないことだな。巻き貝の特徴を持つ魔物に接近戦は危険だ。それでも戦わなければならないときは、体液のかからない遠距離からの攻撃で仕留めきるのが理想だ」

「それはすでに実践してもらっているようですが、巻き貝の魔物にはとくに警戒するよう周知しておきましょう」

「それとももし体液がかかった場合、すぐに液が付着した部分を洗って消毒するべきだ。気付かず放置しておくと感染のリスクは高まるだろう」

「わかりました。イチハ殿」

「はい！　いま聞いたことを大虎王国の人に知らせてきます！」

イチハはそう言って走って行った。

その背中を見送ってブラッドは頭を掻きながらハクヤに言った。

「しかし……こう言っちゃなんだが、こうも早く原因が特定できるとはな……普通の病気でこんなことはありえないぞ」

ブラッドの言葉にハクヤも頷いた。

「そうですね。いろいろと噛み合った結果でしょう。体内の構造に詳しいブラッド殿がいた、魔物の専門家もいた、寄生虫を魔法で駆除できるヒルデ殿もいた、陛下に前に居た世界に存在した病気の知識があった、そして……」

「献体を提供してくれた者がいたから……か」

犠牲となったゲルラのことを思い出し、二人は痛ましげな顔をしていた。

「……はい。それらが重なり合った結果でしょうね」

「偶然うまくいったにすぎないってことか」

「ええ。ですが、医療技術の発展した国にしようという陛下の意志と、ヒルデ殿やブラッド殿たちの助力、さらには故郷を救いたいというゲルラ殿の献身がなければ、この偶然を引き寄せることもできなかったでしょう。結果は偶然であっても、それを起こしたのは病を克服したいという人の意志です」

「……そうだな」

斜に構えることも多いブラッドも、こればかりは素直に同意するのだった。

◇　◇　◇

港街に設置された療養施設。

そこには父なる島から来た『精霊王の呪い』の罹患者たちが運び込まれていた。

彼らは比較的軽症の者たちであり、同時にヒルデの見つけた治療法が有効に働くかどうか調べるための治験の対象者でもあった。

その最初の治験対象者となったのはシュウキンだった。

『ユリガ様からの報告は聞いていますし、王国の医術を信用していないわけではないが、どんな危険性があるかわからないものを部下に試させるのは好まない。それに上に立つ私が貴女方の治療を唯々諾々と受けたことを示せば、血の気の多い我が軍の将兵たちも素直に従うことでしょう』

そんな申し出があったため、最初の対象者として選ばれることになったのだ。

個室のベッドに寝かされているシュウキンをヒルデが診察していた。

その様子をトモエ、ユリガ、エルルの三人が遠巻きに見守っていた。ただなぜかユリガはフラフラしていてトモエに支えられながら立っているようだった。

「大丈夫？　ユリガちゃん」

「う～ん……ちょっとフラフラするけど、まあ平気よ」

するとヒルデはシュウキンの腕をスッとメスで浅く切った。

シュウキンは顔色一つ変えなかったが、見ていた女子三人組は息を呑んだ。そしてヒルデはすぐに光系統の魔法をその傷口にかけた。多少、傷は浅く小さくなったようだが、その治りは通常時より明らかに遅かった。

「……アンタの病状は結構進んでしまっているね」

その様子を診たヒルデが溜息交じりに言った。

「血液内の魔素をだいぶ潜血魔蝕虫……ブラッドには悪いけど長いし魔虫でいいか。その魔虫にやられているみたいだ。体内に残っている魔素で駆除しようと思ったら時間が掛かってしまうだろうねぇ。アンタの病状的には命取りだ」

「そう……なのですか？」

「普通に治療してたんじゃね。ったく……安全性を確かめる上でも、できればもっと軽微な者から治験をしたいところなんだがねぇ」

ヒルデがそう苦言を呈すると、シュウキンはハハハと苦笑した。

「無理を言ってすみません。ですが、フウガ様より預かった兵たちです。戦場に立つことができないこの身が役に立つのであれば、実験台として差し出しましょう」

「そういう武人的な価値観は、あたしは嫌いだよ。……そんなに言うなら実験台になってもらおうじゃないかい」

ヒルデはそう言うと赤黒い液体の入った大きめの瓶を取り出した。

それを見たシュウキンは眉根を寄せた。

「それはなんです？」

「そこの嬢ちゃんから採取したての血液さね」

そう言ってヒルデはユリガを指差した。シュウキンは目を見開いた。

「ユリガ様の!?」

「ああ。あたしが確立した『精霊王の呪い』の治療法は、体内の魔虫を認識し、それがどこに存在しているかを認識することによって、体内の魔素を操る光系統魔法で駆除するというものだ。魔虫が体内にどんな影響を及ぼすかを理解できれば合併症の治療も行えるだろうけど……それはいまブラッドが遺体を解剖して探っているところさね。だからいまは体内の魔虫を駆除することに専念するわけなんだけど……体内の魔素を侵食されきってしまうとこの治療法はできない。そこでだ」

ヒルデはユリガの血液をシュウキンの目の前に翳した。

「アンタと同じ種族である嬢ちゃんの血を輸血し、嬢ちゃんの体内にあった魔素を補充する。すでに嬢ちゃんの血がアンタに輸血可能なものであることは調べてある」

「そ、そんな！　主君の妹様に血を流させるなど！」

シュウキンは躊躇ったが、ユリガは貧血気味でトモエに支えられながら手を振った。

「あー……気にしないで、シュウキン殿。お兄様の覇道にはシュウキン殿の力が必要不可欠だし、そのためにならちょっと血を分けるくらいなんともないわ」

「ユリガ様……」

「アンタは自身の境遇に感謝し、素直に受け入れるべきさね。血液の合う健康な同種族がこの場に居合わせることの幸運をね。……この治療法を思いついても、救えなかった命はあるんだから」

ヒルデはそう言うと少しだけ表情を曇らせた。

「王国で診たハイエルフの患者はなにもかもが手遅れだった。王国にもう一人だけ居たハイエルフは血液型が合わず、この治療法を試すこともできなかったよ。もっともすでに内臓の機能をやられていたようだし、多少延命するのが精一杯だっただろうが……ゲルラ・ガーランとか言ったかね」

「っ!?……叔父上が」

エルルが呟いた。ヒルデは目を伏せながら言った。

「……アンタの親族だったのかい?」

「はい。余命幾ばくもないことはわかっていて、叔父上も命の使いどころを探しているようでしたが……そうですか……叔父上は王国で亡くなったのですね……」

顔を伏せ、声を上げずにエルルは泣いた。

そんなエルルに対して、ヒルデは珍しく優しげな声を掛けた。

「最期は同族に看取られ穏やかな顔をしていたよ。彼が自分の身体を差し出してくれたからこそ病の正体を摑むことができたし、この治療法も思いつくことができたんだ」

「叔父上の死は……無駄ではないのですね?」

顔を上げたエルルが尋ねると、ヒルデはしっかりと頷（うなず）いた。

「無駄にするもんかい。あたしらが無駄にさせない」

「ぐすっ……はい！」

「……ならば、私も覚悟を決めなければならないな」

そんな二人のやり取りを見ていたシュウキンも、覚悟を決めたように腕をまくった。

「エルル姫の叔父上が命懸けで切り開いた治療法です。私の身体でその治療法を確立できるというのなら本望です。ユリガ様、貴女の血を拝借いたします」

こうしてシュウキンの治療が行われることになった。

まず一度シュウキンの体内の血液を少し抜いてから、健康なユリガの血液を輸血する。ソーマの居た世界ほど血液の保存は長くできないため時間との勝負だった。そして血液を輸血しながらヒルデは光系統の魔法で体内の潜血魔蝕虫を駆除していく。

治療中、シュウキンはじっとりと汗を浮かべていた。

痛みなどはないようだが、体内をいじくり回されているようで気持ちが悪いらしい。体力も消耗しているようで、やがてフッとスイッチがオフになるように気を失った。

……。

そして二時間ほどが経過した。

ヒルデはシュウキンの体内の血管すべてに光系統の魔法を施していった。

イメージとしては思い浮かべた魔虫の姿を体内の魔素に伝え、駆除していくといった感じだろう。どの程度討ち漏らしていても大丈夫という基準はないため、とにかく念入りに念入りに治療を施している。長い時間が経ち、ヒルデは魔法を掛けるのをやめた。

「うまくいっておくれよ……」

そしてもう一度シュウキンの腕に傷を付け、光系統の魔法を掛けてみた。

すると、傷はまだゆっくりではあるものの先程よりは早く完治していった。回復魔法が効くようになったということは、体内の魔素が正常に働いていることの証だった。

「ふう……」

ヒルデは疲労困憊の様子で椅子に座り込んだ。

「あの、先生。シュウキン様は……」

エルルが居ても立ってもいられず尋ねると、ヒルデはヒラヒラと手を振った。

「経過を見てみないことには確かなことは言えないけど、これで体内の魔虫は駆除できたはずさ。まあ一先ずは成功ってところさね」

「そうですか！　良かった！」

喜び、眠っているシュウキンの手をそっと取るエルル。

そんな彼女の姿を横目で見ながら、ヒルデはふぅと溜息を吐いた。

「一先ず、治療法は確立できたと見ていいだろう。彼ぐらいの進行度でも治療できるなら、今回運ばれてきた比較的軽微な患者たちは輸血なしでも治療できるはずだ。ただこの病の患者は父なる島や母なる島にまだまだいるという話だ」

ヒルデは椅子の背にもたれて、グッと身体を反らして天井を見つめた。

「彼一人の治療にこれほどの時間と労力がかかるんだ。とてもじゃないがあたしや、連れてきた医者だけでは面倒が見きれないね。……いや、王国中の治療可能な医者を連れてきたとしても、それでもまだ足りないだろう。どうしたもんかねぇ……」

「大丈夫です」

するとそんなヒルデの顔をトモエが覗き込みながら言った。

「義兄様は『自分にはやらなきゃいけないことがある』と王国に残りました。きっと、なにか考えがあってのことだと思います。だから……なんとかなります」

「……だといいんだがねぇ」

義兄を信じている様子のトモエに、ヒルデは苦笑しながらそう言うのだった。

――それから一週間後。

港街に運ばれてきた第一陣の患者たちの治療が完了し、患者たちはそれぞれ快方へと向かっていた。一番重症だったシュウキンも、かつての感覚を取り戻すための鍛錬を開始していくらいには回復している。シュウキンがベッドから自分の足で立ち上がったときには、エルルは彼の胸元に飛びついて喜んでいた。

そしてこの日、宰相ハクヤ、トモエ・イチハ・ユリガの三人組、女性医師ヒルデ、外科医ブラッドにシュウキンとエルルを加えた八人が一室に集まり、現状の確認と今後のことについて話し合うことにした。

「まずは患者たちの容態はどうですか？」

ハクヤが尋ねるとヒルデが答えた。

「問題ないよ。全員快方に向かっている。一番重症だったそこの人もね」

「お世話になりました、先生」

シュウキンが頭を下げると、なぜか隣のエルルも一緒になって頭を下げていた。

そんな二人に苦笑しながら、ヒルデはハクヤに言った。

「ひとまず『精霊王の呪い』の治療法は確立できたとみて良いだろう。王国で増やしてきた〝医学を修めた光系統魔導士〟なら、問題なくあたしと同じ治療を施せるだろうさ」

「それを聞いてまずは一安心というところですね」

ハクヤは頷くと今度はブラッドのほうを見た。

「その後、潜血魔蝕虫……魔虫については？」

「まだ巻き貝の体部位を持つ魔物の血に触れることで感染することしかわかっていない」

ブラッドは腕組みをしながら言った。

「ただ患者からの感染がほとんど報告されていないことを考えると、この魔虫が人に感染力を発揮するのは魔物の血液の中にいるときのように思える」

「それは……陛下が仰っていた『中間宿主』ということですか？」

「おそらく、そうなのだろう」

ソーマから説明された『日本住血吸虫症』という風土病。

かつてソーマが居た世界に存在したその風土病は、中間宿主となる田んぼや河川に棲息する貝から人に感染していたそうだ。ソーマの居た国の人々はその貝を増やさず、寄生虫の生存を許さない環境を長い年月をかけて作り上げて克服したそうだ。

「もともと存在していた寄生虫が、魔浪によって大量発生した魔物の体内で変化したのか、もしくは魔物の体内にもともと棲息していたのか、ハッキリとしたことはわからない。ただ一つ確実なのは、この病の連鎖を食い止めるためには、人に移る原因である貝の身体を持つ魔物を駆除しきる必要があるということだ」

「そのことはすでに『父なる島』の我が軍には報告しています。貝の体部位を持つ魔物がいれば最優先で駆除すること。その際には接近はせず遠距離武器や魔法で倒し、血には触れないことを厳命するようにと」

シュウキンがそう言うとエルルも頷いた。

「私も『母なる島』の精霊王国国王に同じ内容の報告をあげています。これでおそらく、新たな患者が発生する頻度は落ちてくるとは思いますが……」

エルルは表情を曇らせた。

「ですが……父なる島にも、母なる島にも、まだまだ『精霊王の呪い』に苦しんでいる人たちは大勢います。どうかいまなお苦しんでいる人たちにも王国の医療をほどこしてあげてはくださらないでしょうか！　お願いします！」

エルルが深く頭を下げると、シュウキンも同じように頭を下げた。

「私からもお願いする。我が軍の傷兵やハイエルフの人々を救ってほしい」

「もとより、陛下はそのつもりのようなのですが……」

ハクヤがそう言うと、ヒルデは頭をガシガシと掻いた。

「だけど、両島にいる患者は第一陣とは比べものにならないくらい多いんだろ？　それにシュウキン殿より重症な患者も多いって言うじゃないのさ。トモエの嬢ちゃんたちにも言ったことだけど、あたしたちと王国から連れてきた医者だけじゃとてもじゃないけど手が足りないよ。仮に王国に残してきた医療知識のある光系統魔導士を全員連れてきたとしても、それでも足りないくらいさね」

「それといまのように病人をこの港に運んでくるのも非効率的だ。収容可能人数ずつだといつまでかかるかわからないし、それにヒルデの治療に必要な血液も足りないだろう」

ブラッドもまた問題点を提示した。ブラッドはユリガを見た。

「そこのユリガ嬢ちゃんの血液の型がたまたま合ったから良かったが、もし合わなかったらシュウキン殿の治療はもっと遅れていたことだろう。……まあ、最悪他種族からの輸血に頼ることになっただろうが」

「ん？　他種族であっても輸血は可能なのですか？」

「可能かどうかと聞かれたら……可能ではある。他種族であっても血液の型さえ合っていれば、輸血しても問題ない……のだが……」

　ハクヤの問いかけにブラッドは歯切れ悪く言った。

「だが、医学界としてはあまり推奨していない」

「それはなぜ？」

「中途半端な知識は迷信がはびこるからだ。まだ輸血という医療行為すら、俺たちの国以外では一般的にはなっていない。そんな中で、たとえば人間族にエルフ族のような長命種族の血を輸血可能であるという知識のみが広まればどうなると思う？　寿命延伸や若返りの効果があるとか根拠のない噂(うわさ)を流布されたとしたら？」

「……なるほど。考えたくないですね」

　ハクヤは起きると想定される事態を考えて陰鬱な気分になった。

　長命種族の血を求めて人権無視の狩りが行われたり、人身売買などが行われるかもしれない。ありとあらゆる非合法な手段がとられることだろう。そうなれば長命種族側も黙っておらず、最悪、内戦にまで発展するかもしれない。ブラッドは頷いた。

「一応言っておくが長命種族の血にそういった効果は確認されていない。だが、そう言ったところで人々が無知なままなら信じないだろう。他種族の血を輸血するのは、人々への啓蒙(けいもう)活動が完了してからのほうがいい」

「そうですね……それまでは同族同士での輸血を推奨したほうがいいでしょう。だとすると……やはり同族のいるガーラン精霊王国に行って治療すべきですか」

ハクヤは考え込むように口に手を当てると、トモエたちを見た。

「たしか義妹様たちはいま夏期休講中でしたか？」

「はい。あと一月くらいは時間があります」

「課題に手が付いてないのは問題だけどね。……間に合わないとまた補習だし」

ユリガが以前の補習のときを思い出したのがゲンナリしていた。

二人の言葉にハクヤはしばし考え込み、やがて決断した。

「やはり父なる島に乗り込んで治療にあたりましょう。シュウキン殿も回復されたので、新たな感染者を増やさないよう指揮を執っていただかないといけませんし」

「おお！　ありがとうございます、ハクヤ殿！」

「ありがとうございます！」

シュウキンとエルルは喜色を浮かべたが、ヒルデの表情は険しいままだった。

「乗り込むのは構わないけど、人手が足りない問題は解決していないよ」

「ああ、それについてはおそらく……」

ハクヤがなにか言いかけたそのときだった。

一人の伝令が部屋に駆け込んできて、手にした書状をハクヤに差し出した。

「報告！　フリードニア王国から伝書クイが来ました！　ソーマ陛下からです！」

「っ！　見せてください」

ハクヤは伝令から書状を受け取ると目を通した。

そして内容を一通り読み終えると、ホッと胸をなで下ろしていた。

悪い報せではなかったようだ、とその場に居た者たちは理解した。

するとハクヤは周囲の人々を見回しながら言った。

「人員不足の問題は解決しました。我々はすぐにでも精霊王国へ向かいましょう」

第九章　適材適所

——時は俺がハクヤたちに大陸西岸の港街へ向かうよう命じた頃に遡る。

俺はまずハクヤにヒルデ、ブラッドなどの医師団とトモエ、イチハ、ユリガの三人組を率いて港街へと向かい、情報収集&治療法の確立を命じた。

その一方で、王国に残ることを決めた俺たちもまた動き出していた。

俺はまず政務室に第一正妃リーシア、第二側妃ナデン、そして軍師役にして義兄のユリウス・ラスタニアを呼び出した。

「今回の『精霊王の呪い』を我が国の力だけで抑え込むのは不可能だ」

集まった三人に向かって俺はそう断言した。

「『精霊王の呪い』に限らず、病というものを一つの国だけで抑え込むことはできない。いくら我が国で治療法が確立できたとしても、周辺諸国に病が蔓延していたら、病は延々と我が国に入ってくることになる。そうなれば当然治療の手が足りなくなるし、周辺諸国の病人がいなくなるまで病の流行を終わらせることもできない」

「歴史的にも流行病は時折起こっているな」

ユリウスが腕組みをしながら言った。

「流行病は総じて中々鎮まらないものだ。国家の滅亡の要因にさえなったとも聞く」

「ああ。俺がかつて居た世界でもそうだったよ」

病には国境がないとはよく聞いたけど、世界の別もないようだ。

国が滅びるときは、まるで一人の英雄の登場によって滅ぼされたように見えても、裏には天災や流行病、蝗害(こうがい)や飢餓など様々な要因が重なった結果であることが多い。

それらの要因によって国から人心が離れているからこそ、民衆は新しい英雄の出現に歓喜し、飛びついてしまうのだ。だからこそ国を健全に維持したいと思うなら、それらの要因を見つけ次第一つずつ排除していかなければならない。

マキャベッリも『運命の半分は【運命の女神(フォルトゥナ)】が握っているが、もう半分は人の【力量(ヴィルトゥ)】に委ねられている』と言っている。日本人的には『人事を尽くして天命を待つ』と言ったほうがわかりやすいだろう。人のできることはすべてやり尽くさねば。

「この問題には各国と連携して取り組まなければならない。ハッキリ言って、いまは拡大が止まっている魔王領よりも危険度は上だ。『精霊王の呪い』が今後どこまで広がるか未知数だし、これから似たような病が各地で発生しないともかぎらない。国家はおろか、海洋同盟や人類宣言といった勢力の垣根を越えた協力が必要だ」

「それってほぼ全人類じゃない？　人類宣言以上の規模になるんじゃ……」

リーシアの言葉に俺は頷(うなず)いた。

「ああ。文字どおり、すべての国に協力してもらわなければならない」

「そんなことができるの？」

「いま、大陸の勢力は大きく三分されている」

俺は卓上に広げた地図を指差しながら言った。

「俺たち海洋同盟、グラン・ケイオス帝国の人類宣言、フウガ率いる大虎王国の勢力だ。海洋同盟の盟友たちとは協力できる。共和国元首クーも、九頭龍女王シャボンも医療改革を行っているから危機感も共有できるしな。同じく医療同盟を結んでいる帝国のマリアも協力してくれるだろうし、人類宣言加盟国家をまとめてくれるだろう」

「ふむ。ガーラン精霊王国は当事国だからむしろ積極的に協力してくるだろうし、残るはフウガ・ハーンの勢力と傭兵国家ゼム、ルナリア正教皇国、ノートゥン竜騎士王国か。たしかルナリア正教皇国はフウガの大虎王国と同盟を結んだのだったか」

ユリウスの問いに俺は頷いた。

「ああ。ルナリア正教皇国は帝国への敵対心のためか、フウガに積極的に協力している。だからフウガの協力さえ取り付けられれば従うはずだ」

「ノートゥン竜騎士王国のシィル王女とは交流があるし、こちらから話を持っていけば協力してくれると思うわ」

リーシアがそう言うと、ユリウスは傭兵国家ゼムを指差した。

「ゼムは帝国だな。地理的にも帝国の要請は断りづらいはずだ。双方に利があり、一方的に無茶な要求を通すわけではないから断る理由もないだろうが」

「そう、つまるところフウガの陣営さえ説得できれば、人類が一丸となってこの病に対処することができるんだ。さらに言えばあそこはフウガに権力が集中しているから、フウガ一人を説得すればいい。俺とフウガとマリア……この三人で意思統一を図れれば、人類の意思を一つにできると言ってもいいだろう」

「……なるほど。三勢力の盟主による三者会談か」

俺の狙いを正確に見抜いたユリウスが呟いた。俺は大きく頷いた。

これが俺が王都に残った理由だった。

「クーとシャボンにも放送を通じて参加してもらうつもりだけど、実際に集まる君主は俺とマリアとフウガだけでいい。全員集めるのは手間だし、調整も大変だしな」

「なるほどね」

リーシアが納得したように頷いていた。

「あのー……」

すると所在なさそうに立っていたナデンが怖ず怖ずと手を挙げた。

「私はなんでこの場に呼ばれたの？　政略の話をされてもついて行けないわ」

気まずそうに言うナデン。もちろん彼女を呼んだのにはちゃんと意味がある。

「ごめんごめん。ナデンには二つほど頼みたいことがあるんだ」

「頼みたいこと？」

「一つは星竜連峰のティアマト殿に防疫に関する星竜連峰の方針を尋ねてほしい。地上での争い事と同じく不干渉ならそれでもいい。ティアマト殿なら医療とかなくてもどうにかしちゃいそうだしな。返答してくれるかもわからないけど」

俺がそう頼むとナデンはコクリと頷いた。

「合点承知よ。それで、もう一つは？」

「さっき言った俺とマリアとフウガが会談する場所として、ノートゥン竜騎士王国を提案したいと思っている。あそこは立場上、三勢力に対して中立だからな」

中立と言えばゼムもそうだけど、あそこは荒くれ者ばかりだから護衛が大変だ。以前のときのように向こうから言ってきたのなら、そこらへんの引き締めはキッチリと行うだろうけど、こちらからの要請で場所を貸してもらうとなるとそうもいかないだろう。

かといって三勢力のいずれかの地で会談を行おうとすれば、うちはともかく、マリアやフウガの配下が黙っていないだろう。主導権争いに時間を割きたくない。

そういったことを説明した上で、俺はナデンにお願いした。

「ナデンとパイはいまも連絡を取っているだろう？　パイ経由でシィル王女に連絡をとって、開催場所の提供と竜騎士による会場の警備をお願いしてほしいんだ」

「だが、あの国はフウガ軍と交戦したぞ。私たちの脱出を助けるためだが」

ユリウスはそう懸念を示したけど、そこは割り切ってもらうしかない。

「竜騎士王国だって拡大するフウガの国と隣接し続けているんだ。なるべくなら戦になるようなことは避けたいだろう。これを機にフウガと個別に会談して、相互不可侵の約束を明文化してもらうのもいいし」

「そうだな……」

「竜騎士王国とは放送を通しての会談ができないからやりとりに時間が掛かる。伝書クイだとどうしても時間が掛かってしまうからな。ナデンの場合は直接出向いた方が早いかもしれない。頼めるか？」

「合点承知よ。任せて」

ナデンがドンと胸を叩いた。俺はリーシアとユリウスを見た。

「護衛としてアイーシャとナデンにも来てもらうつもりだけど、実際に会談の席に着けるのは少人数だろう。俺としては補佐兼護衛として二人までを提案するつもりだ。その際にはリーシアとユリウスに隣に居てもらいたいんだが、頼めるだろうか？」

「わかったわ」

「承知した」

二人は頷いた。リーシアは大丈夫だろうけど……ユリウスは少し心配だ。

「おそらくフウガはハシムを連れてくると思うぞ？」

「………」

ハシムはフウガの参謀として、彼の東方諸国連合掌握に尽力した。

その過程でユリウスの妻と義父母の国であったラスタニア王国は滅ぼされ、イチハの姉サミの義父ロス王をはじめ多くの中立派や反対派の君主が殺された。

ユリウスやサミにとってはハシムは仇敵のはずだ。

そのハシムと顔を合わせて、ユリウスは冷静でいられるだろうか？

そんな思いを込めた視線を送るとユリウスは小さく息を吐いた。

「……もし、ティアや義父母の誰か一人でも害されていたとしたら、とても冷静ではいられなかっただろう。だが、幸いみんな無事でこの国で安息の日々を過ごしている」

「……」

「個人的に恨みがないわけではないが、いま優先すべきはティアたちの安息だ。この国のために働くことでそれが守れるならば、私の恨みなど些末なことだ」

「……それを聞いて安心したよ」

俺は立ち上がると三人に向かって言った。

「それじゃあ現場はハクヤたちに任せて、俺たちはこの会談を成功させよう」

「「「はっ」」」

事件は会議室ではなく現場で起こってるのかもしれないけど、ときには会議室にいるからこそできることもある。要は適材適所ってことだ。

ナデンを通じた交渉の結果、ノートゥン竜騎士王国は三者会談の会場の提供と、竜騎士

による会場の警備を快諾してくれた。ナデンの話ではシィル王女は、

『歴史的な会談を警護できるというのは騎士の誉れです』

と、そう言って笑っていたそうだ。フウガ陣営との諍いも戦場でのことだと割り切っていたようなので、ホッと一安心といったところだろう。

竜騎士王国の許可を得たことで、俺は早速、各国に打診した。

『ウッキャッキャ、もちろん協力するぜ兄貴！　病気は人ごとじゃねぇからな！』

『はい。九頭龍諸島連合も全面的に協力させていただきます』

まずは放送会談でクーとシャボンの協力を取り付けた。

三者会談の際に俺の意見を、共和国と諸島連合の了承を得た海洋同盟全体の意見としていいという承諾も得られた。次に俺はフウガに連絡を取った。

『シュウキンたちの件も頼んでるしな。今回ばかりはお前の顔を立てよう』

こちらも呆気ないくらいすんなりと承諾を得られた。

フウガの下にはシュウキンが港街に運ばれて治療中という連絡が来ていたらしい。そのおかげでフウガには珍しい妥協を引き出すことができたのだろう。

情けは人のためならずってやつだな。

そして俺は最後にマリアに連絡を取った。これもすんなり通ると思っていたから後回しにしたのだけど、放送越しのマリアはなぜかクスクスと笑っていた。

「なにかおかしなことでも？」

『フフフ、いいえ。話には聞いていましたが、本当にユリウス殿を配下に加えられたのだなと思ったので……』

この各国との放送会談中、ハクヤの代わりにユリウスが隣に立っていた。

すると笑ったことで浮かんだ眦の涙を拭いながら『ごめんなさい』と謝った。

『かつてを知っている身としては、二人がそうして並んでいるのを見ると、なんだか不思議な感じがして。我が国が仲裁しなければならなかったあの二人が、と』

「「……」」

俺とユリウスは顔を見合わせると、なんとも気まずい気分になった。

なんというか、昔やんちゃしていた頃の話を持ち出されたような気分だった。いや、それよりもっと殺伐としていたとは思うけど。そんな俺たちの様子がさらにツボに入ったのか、笑いを堪えきれない様子のマリアは満面の笑みとともに言った。

『もちろん、我が国も協力いたします。会談に参加させていただきますわ』

後日。俺たちは王家所有のゴンドラで、ノートゥン竜騎士王国の首都バルムへと向かっていた。ゴンドラの中にいるのは俺、リーシア、アイーシャ、ナデン、ユリウスと黒猫部隊員数名だった。ゴンドラの周囲には飛竜騎兵隊が護衛として飛んでいる。

今回は危険がなさそうだったのでハルとルビィの竜騎士コンビは連れてこなかった。あまり過剰な戦力を連れていくのも心証が良くないという判断からだった。

「この前は自分で泳いでいったのに、今日はゴンドラ移動なのね……」

足をぷらぷらさせながらナデンが言った。

ナデンは俺を乗せて空を泳ぎたいようだったけど、ここは他国であり、俺とゴンドラの両方を護衛するのは大変ということなので大人しくゴンドラ移動にしてもらった。

この世界に来たばかりの頃は、ゴンドラから見える外の景色を興味津々で見ていたものだけど、さすがに空の移動も慣れたので到着までの時間をまったりと過ごしていた。

そしてそろそろバルムに着くというときに、

「フリードニア王のソーマに……帝国の女皇マリア・ユーフォリア……大虎王国のフウガ・ハーン……それに放送越しとはいえ共和国元首クーに九頭龍女王シャボン」

リーシアが指折り数えながらそんなことを呟いた。

「リーシア？　どうかしたのか？」

「いままでの歴史の中で、世界の強国の長たちが集まる会議があったかなって思って……ううん、そもそも集められるものなんだって考えたことさえなかったかも」

「ない、だろうな」

リーシアが感慨深げに言うとユリウスも頷(うなず)いた。

「魔王領が出現し、帝国主導の下討伐軍が組織されたときでさえ、各国の王が集まったりはしなかっただろう。一人二人でなら会うこともあるだろうが、こうして一堂に会するのは前代未聞だ」

「あー……言われてみればそうか」

俺も納得した。前に居た世界の感覚だと、こういう世界のリーダーが集まって会議するという光景はニュースなどでよく見た気がする。

主要国首脳会議とかサミットとかGなんちゃらとか言うアレだ。

ただああいったものが開催されるのは、世界規模の大戦を経験したあと、グローバル化した世界で、一国だけではどうにもならない事態に対処するためだった。

この世界でも魔王領の出現により人類の連合軍が結成されたりしたが、主に被害を受けたのは大陸北側の国家であり、大陸全土で危機感を共有するまではいかなかった。

そのためグローバリズムが発達するところまではいかず、こういった首脳会議が必要とされることもなかったのだろう。つまりこの世界の人々にとってはこれが初めてのサミット開催ということになる。

「難しいことはわかりませんが、なんというか陛下らしいと思いますよ」

アイーシャがクスクスと笑いながら言った。

「ほら、王国に伝わる勇者って『時代の変革を導く者』ではないですか。神護の森が世界のすべてだった頃に比べれば、ずいぶんと遠くに来たものだなと感じますよ」

「そういえばティアマト様もそんなこと言っていたわね。『激しく回る歯車』と『止まったままの歯車』が噛み合えばちょうど良くなる……だったかな？　うろ覚えだけど」

ナデンも首を捻りながら言った。

「『止まったままの歯車』が引き籠もっていた頃の私なら、『激しく回る歯車』ってソーマのことよね？　私たちがソーマに会うことでソーマのペースがちょうど良くなるのだとしたら、私たちが協力しなかったらどれだけ暴走していたのかしら」

ナデンの言葉にその場に居た俺以外のメンバーがうんうんと頷いていた。

「えっ、俺ってそんなに暴走しがちに見られてるの？」

「「「当たり前よ／だ／です！」」」

リーシア、アイーシャ、ナデンに加えて、ユリウスにまで口を揃えて言われた。

「フウガやマリア殿の場合、明確な意志の下に『世界を変えるぞ！』って号令を掛けて、人を惹きつけて、実際に世界を変えていく感じの為政者だと思う」

リーシアの言葉に俺は頷いた。

「ああ、まあそうだろうな」

「だけどソーマの場合、気付いたら世界を変えてるのよ！　『変えちゃったけど、悪くなってるわけじゃないしまぁいいよね？』って事後承諾させられてる感じかな」

「ロロアも似たようなタイプだな。そんな二人が揃って国政を担っているのだから……私がアミドニアに居た頃よりもさらに恐ろしい国になっていそうだ」

リーシアとユリウスが溜息交じりに言った。一方、

「陛下とポンチョ殿の所為（せい）というかお陰というか、舌が肥えてしまいましたからなぁ……もう森の恵みだけの生活には戻れませんよ」

「完全に同意ね。胃袋摑（つか）まれちゃってるし」

食欲旺盛組のアイーシャとナデンもしみじみと語っていた。

そして四人の間で始まる俺のやらかし談義。

……うん。なんだか居たたまれない気分になってきた。

俺は到着までの間、これ以上やぶ蛇にならないよう黙って過ごすことにした。

「フリードニア王国国王ソーマ・A・エルフリーデン様ご一行、ご到着！」

ゴンドラが、主都バルムに隣接する山の中腹にあった城（竜騎士王家の居城だろう）の中庭に降りると、衛士（えじ）の一人が声を張り上げた。

扉が開かれて降りると、敷かれたレッドカーペットの両脇には竜騎士たちと、その伴侶と思われる竜族の女性たちがドレス姿でズラッと並んでいた。そして俺たち一行の全員が降りたのを確認すると、竜騎士と竜（ドラゴン）たちはその場に膝を突いて頭を下げた。

まさに国を挙げて賓客を迎えている様子だった。リーシアやユリウスはともかく、偉ぶることに慣れていないアイーシャやナデンなどは表情を強（こわ）ばらせていた。

するとレッドカーペットの向こうからシィル王女とパイが歩いてきた。

シィル王女は今日は騎士の鎧姿ではなく、ドレス姿にティアラという装いだった。細い腕にしっかりと筋肉がついていることを除けば、まさにプリンセスといった姿だった。パイはパイでそんなシィルと釣り合うような麗人の装いをしていた。

「ようこそノートゥン竜騎士王国へ！　フリードニア王国の方々！」

両手を広げながら近づいてきたシィル王女と、俺は両手で握手をした。

「この度はお世話になります。シィル王女」

「アハハ……実はもう王女ではないのです」

「えっ？」

「先日、父より正式に王位を譲り受けました。我が国でこのような重要な会談が行われることに時代の変化を感じたのでしょうな。『これからはお前のような若者が国の舵を取るべきだ』と。まあ……簡単に言ってしまえば丸投げですね」

「そうなのですか……」

うーん……どこかで聞いたような話だ。

「それは責任重大ですね」

「まったくです。ですが任されたからには最善を尽くすつもりです」

そう言ったシィルの顔は自信に満ち、真っ直ぐで力強く感じられた。

少し驚いたけど、俺はあらためて言いなおすことにした。

「それでは、お世話になります。シィル〝女王〟」

「はい、ソーマ王。ようこそおいで下さいました。帝国と大虎王国の皆様はすでに到着されています。案内いたしますのでどうぞこちらへ」

俺たちはシィルの先導で歩き出した。

武骨で歴史を感じる石柱の並ぶ廊下を進み、やがて一つの部屋の前に辿り着いた。その扉の脇には帝国と大虎王国の将兵たちがひかえていた。

その中の一人に見覚えがあるのが居た。

寡黙な帝国の将ギュンターだ。するとシィルがこちらを向いて言った。

「それでは事前の取り決めどおり、護衛の方々はこちらでお待ち下さい。中へ入るのはソーマ殿含めて三名まででお願いします」

「わかった。それじゃあアイーシャ、ナデン」

俺が声を掛けるとアイーシャとナデンは頷いた。

「わかりました。私たちは黒猫の方々とここで控えています」

「なにかあったらすぐに呼んでね。駆けつけるわ」

そんな二人の言葉に頷き、俺はリーシアとユリウスを連れて部屋の中へと入った。

部屋の中央には存在感のある大きな円卓が置かれていて、
一角にはマリア、ジャンヌ、クレーエの帝国組が、
一角にはフウガ、ムツミ、ハシムの大虎王国組が席に着いていた。

俺たちが到着するまでの間、仲良く談笑……していたような雰囲気ではないな。

マリアとフウガは自然体だけど相手の品定めをしているかのような目をしているし、ジャンヌとハシムはお互いを警戒しているような険しい表情だ。

ムツミはそんな空気の中で居心地が悪そうにしているし、クレーエはなんだかこの状況に興奮しているようだ。マリアの信奉者であるクレーエにとって、主要国首脳が集まるこの会談に立ち会えることは無上の喜びなのだろう。

入室すると、俺たちの存在に気付いたマリアはニッコリと微笑み、席を立つとゆったりとした動作でこちらにやって来た。

「お久しぶりです。ソーマ殿」

「はい。お元気そうで安心しました、マリア殿」

手を取りながら挨拶する俺たち。するとマリアは今度は隣のリーシアを見た。

「直接お会いするのは初めてですね、リーシア様。マリア・ユーフォリアです」

「あっ、はい！　リーシア・エルフリーデンです」

マリアとリーシアが手を取り合って挨拶した。

そういえばゼムでの会談のときにはリーシアは居なかったっけ。

一方でユリウスとジャンヌもまた旧交（？）を温めていた。

「よもや貴殿とこういう形で再会することになるとは思いませんでした」

「……そうですな。嫌な汗が出てきます」

苦笑気味に言うジャンヌに、ユリウスはバツが悪そうに答えた。

「今回はソーマ殿と険悪にならなそうだから安心ですね」

「安心して下さい。いまは仕えるべき主君ですので」

「……変わりましたね。表情に余裕が出て、物腰が柔らかくなった気がします」

「伴侶を得れば人は変わるものですよ」

「羨ましいです。私も結婚したいのですが、姉上が身を固めてくれなくて……」

「ちょっとジャンヌ？」

マリアがニッコリ笑顔で呼び掛けると、ジャンヌは「いえなんでもありません」と引き下がった。すると今度はフウガが椅子に腰掛けたまま「よっ」と手を上げた。

「お前に言われたとおり来てやったぞ。ソーマ」

「感謝する。でも、事の発端はフウガたちが見つけた病にあるんだからな」

「ああ、わかってる。だからこうして素直にお前の言葉に従ってるんじゃないか」

「もう少し悪びれてほしいのだけどな」

「悪いな。これが性格だ」

フウガは肩をすくめながら言った。なんだかなぁ……。

するとムツミが席を立って近づいてきた。

「お久しぶりです。ソーマ殿」

「お久しぶりです。東方諸国連合以来ですね。お元気そうでなによりです」

「はい。イチハと……サミは元気にしていますでしょうか？」

　ムツミは少し言葉を詰まらせながらそう聞いてきた。

　きっと……より聞きたいのは後者の様子なのだろう。

「イチハは元気にしてます。我が国の将来を担う次世代の若者として頭角を現しつつありますから。サミは……王都の書庫で本に囲まれて暮らしています。心の傷が消えるまでどれぐらいかかるかはわかりませんが……穏やかな日々は過ごせていると思います」

「っ！……そうですか」

　ムツミは少しだけホッとしたような表情を見せた。

「二人のこと、どうか今後ともよろしくお願いします」

「ええ。できるかぎりのことをしましょう」

「……さあて、人数も揃ったんだ」

　俺とムツミの会話が終わったのを見計らって、フウガはパンパンと手を叩いた。

「それじゃあ会談を始めようじゃないか。主要国による首脳会談とやらを」

　フウガの言葉に俺とマリアも頷いた。さあ始めよう。

　バルム・サミットを。

第十章 ✦ バルム・サミット

部屋の中央に置かれた円卓に、俺とリーシアとユリウス、マリアとジャンヌとクレーエ、フウガとムツミとハシムが三方に分かれて席に着いた。

そして帝国組と大虎王国組の間にシィル女王が座った。

王国組と帝国組、王国組と大虎王国組の間には放送の簡易受信機を置いている。また
シィル女王の後ろにはうちの国から持って来た宝珠があった。

「公平を期し、この会議の議事録を残すため、今回は私が書記を務めさせていただきます。各国の方々もそれでよろしいでしょうか？」

シィルに尋ねられて、俺たちは揃って異議なしと頷いた。シィルも頷く。

「それでは了承を得られたところで始めたいと思います。それでは進行役は今回の発起人であるソーマ殿にお願いします」

「わかりました。まずは……リーシア、ユリウス。簡易受信機を」

「わかったわ」「承知した」

二人が簡易受信機を起動させるとクーとシャボンが映し出された。

「クー、シャボン。こちらが見えているか？」

『おう！　バッチリ見えてるぜ、兄貴！』

『こちらも問題ありません』

二人の応答に頷き、俺はフウガやマリアたちに言った。

「事前に話していたとおり、この会談には我が国と海洋同盟を結んでいる共和国元首クー・タイセー殿、九頭龍女王シャボン殿にも参加してもらいます。問題解決にはこの二国の協力も不可欠です。多数決を採るような会議ではないので問題ないでしょう」

「主要六カ国の首脳が顔を合わせての会議か。豪儀だな」

フウガが腕組みをしながら愉快そうに言った。

それだけ今回のサミットが重要だということだ。

「まずは現在ガーラン精霊王国内で流行中の『精霊王の呪い』……いや、実態を解明したうちの医者が命名したところの『潜血魔蝕虫症』、略して『魔虫症』について、港街に向かった外科医ブラッドから送られてきた最新の情報をもとに説明させてもらいます。……手間なのでここから普通に話させてもらう。まずは……」

俺は立ち上がると用意してあった黒板に『魔虫症』についての情報を書いていった。

魔浪によって発生している虫形魔物のうち、巻き貝の身体を有している魔物の体内に潜んでおり、その魔物を退治する際に流れ出した体液を浴びることで感染すること。

そして人から人への血液を介さない感染は確認されていないことなどをだ。

「つまりこの病を沈静化させるには、その巻き貝を持つ魔物とやらを殲滅するのが一番ってことか。もちろん体液を浴びないようにして」

「ああ。それも早いほうが良い」

　フウガの言葉に俺は頷いた。

「最悪なのは感染サイクルが完成してしまうことだ」

「サイクル？」

「魔虫も生き物である以上、命を繋ぎ、子孫を残そうとするだろう。人の体内に入って宿主を殺して自分も死ぬようでは、生き物として失格だ。必ず人の中で卵なりなんなりを作って、糞便などと一緒に体外へと出そうとする。それが溶け出した水などを飲んだ魔物の中で、人に感染できるような形状まで成長する……このサイクルが完成してしまうと、病はその土地に長く根付いてしまうことになる」

「そうなったら厄介ですね」

　マリアが憂慮するような顔で言った。

「長く蔓延する病によって国が滅びるといった事例は、歴史の中でもよくある話です。対処可能であるうちに対処しておくべきでしょうね」

「……そうだな。虫形魔物が原因だという話はすでにソーマから聞いていた」

　マリアの言葉にフウガも頷いた。

「だから父なる島に送った部隊には、接近戦ではなく遠距離からの攻撃によって駆除するよう命じているが……優先して殲滅するよう言っておこう」

「ああ。まずそれが第一だろう」

日本住血吸虫の中間宿主であったミヤイリガイは、大きい物でも一センチに満たない小さな貝だった。社会科見学で昭和町風土伝承館杉浦醫院（いいん）というところに行った際に、実物を見てあまりの小ささに驚いた記憶がある。これでは見つけるのも大変だろうと。

あの土地の人々はこの貝を撲滅するため、県をあげて、それこそ戦後の駐留米軍の力を借りてまで駆除しようと頑張ったけど、解決までには長い年月を要した。なにせ軒下の雨（あま）樋（どい）にさえも棲息（せいそく）できてしまうほどだったから、駆除の手が追いつかなかったのだ。

それに比べれば該当の虫形魔物は巨大であり見つけやすいだろう。一匹残らず駆除できるように、精霊王国とフウガの兵士たちに頑張ってもらうしかない。

するとフウガは身を乗り出してきた。

「父なる島はうちが責任を持つが、母なる島はどうする？」

「港街に精霊王国国王の姫君がいるだろう？」

「ああ。エルル姫だったか。シュウキンを看（み）てくれているはずだ」

「彼女から連絡が行っているはずだ。ヒルデとブラッドが情報を伝えているからな」

ゲルラが命懸けで託した情報だ。精霊王国の人々も救われてほしいものだ。

すると話を聞いていたハシムが口を開いた。

「まずは新たな感染者を増やさないことが重要。それは理解できます。その上で、すでに感染している者への治療についてはどうなのでしょうか？」

「…………」

宿敵の言葉にユリウスの表情が少しピリついた。俺は努めて冷静に答える。

「治療法はある。魔虫症の存在を理解し、また人体の構造を理解していて、医学を修めている光系統魔導士ならば治療が可能だ。いずれはこれらの魔導士がいない地域でも治療可能なよう薬が開発されるよう願うところだが……それを待っていたら何年、何十年先になるかわからない。いまはこれらの魔導士の力を借りるしかない」

「ただの光系統魔導士ではダメなんだよな？」

フウガに尋ねられて、俺は頷いた。

「大虎王国の力ではシュウキン殿を治せなかっただろう？　だが、うちの女性医師ヒルデが治療に当たったことで快方に向かっている。それが答えだ」

「……ああ、わかってる。一応確認しただけだ」

フウガは「本当に厄介な病だな」と頰杖を突いた。俺は話を続けた。

「ただの光系統魔導士ではダメだ。医学を修めていなければならない。うちはヒルデ以外にも、ヒルデと同じことができる医学を修めた光系統魔導士……長いから『魔導医師』と呼称しよう。その育成に努めてきた。だけど、」

俺はテーブルの上にバンと両手を突くと、頭をブンブンと振った。

「魔導医師の数が足りない。光系統魔法を使えることという前提条件がある上に、きちんとした医学を修めることもかなり難しい。それでいて現状ではただの医者との違いは寄生虫関係の病気を魔法で治療できるかどうかだけだ。今回みたいな特異な事例では重宝されるが、育成の労力に見合うものかは疑問だ」

「うちからすると医者ってヤツ自体いないからよくわからんが……そういうものなのか？」

　フウガの言葉に俺は「そういうものなんだよ」と肩をすくめた。

「だから王国にもそこまで数がいるわけではない。仮に王国の魔導医師全員を精霊王国に派遣したとしても、患者数が多すぎてとてもじゃないが手が足りないだろう」

「………」

「そこでだ。帝国と共和国の力を借りたい」

　俺はマリアと映像越しのクーを見て言った。

「帝国と共和国とは医療同盟を結んで知識を共有してきた」

「そのようなことを……」

　ハシムが険しい顔で呟いた。

　ヒルデが特別視されないよう魔導医師を増やすと決めたときから、帝国と共和国には連絡を取って、それぞれ魔導医師育成に取り組むように連絡していた。あとから加わった九頭龍諸島連合はまだ日が浅いため育成は間に合わなかったけどな。

「帝国と共和国にも魔導医師はいるはず。とくに帝国は人口も多いので、うちより魔導医師の数は多いのではないですか？」

「そうですね。ソーマ殿から提供していただいた知識をもとに、広い帝国をカバーできるような数を育成しようと力を入れてきました。魔虫症の知識を提供してくれるのでしたら、すぐにでも治療可能な状態になるでしょう」

マリアは微笑みながら言った。流石人口・国力ともに大陸一の国家だった。

するとクーもドンと胸を叩いた。

『ウッキャッキャ！　そういうことなら共和国も協力しよう。王国よりさらに数はいないが、実地で経験を積ませる良い機会でもある。居るだけ送りつけてやるぜ』

『でしたら、輸送は我が国にお任せ下さい』

するとシャボンが胸に手を当てながら言った。

『精霊王国へは海路輸送となるでしょう。魔導医師については協力できませんが、我が国の艦隊で共和国や帝国の方々を安全に精霊王国まで送り届けると約束します。医療物資の運搬などもお任せ下さい』

「ああ。それは助かる」

王国からだと精霊王国は、東回りでも西回りでも大陸や九頭龍諸島連合を挟んで反対側だからな。うちの艦隊を動かすには遠くて大変なので、九頭龍諸島が各国の足になってくれるのならば助かる。すると書記をしていたシィルも顔をあげた。

「それでしたら我がノートゥン竜騎士王国も協力しましょう。王国から必要な物資を送りたい場合もあるでしょうし、我が国の竜騎士隊ならば海上輸送より速く運べますよ。あ、その際には各国の上空を通過して良い許可が欲しいですが」

「それもいいな。是非お願いしたいが、どうだろう?」

その場に居た者たちの顔を見回すと、とくに異論はないようだったのでその案は採用となった。シィルは嬉々として早速そのことを議事録に記していた。

するとフウガがククと愉快そうに笑った。

「根回ししてあったとはいえ、随分ポンポンと解決策が出てくるものだ」

「そうですね。聴いているだけでも楽しいです」

フウガの隣に座ったムツミもニッコリと微笑んだ。

「ああまさにまさに、これだけ偉大な指導者が集まってるのですからさもありなんです、ああ私はこの場に同席できることを嬉しく思いますよ、ギュンター殿は残念でしたね、まあ寡黙な彼の場合は交渉の席では石像も同然なので当然なのですが、ああまさに今歴史が動いている、私はもう感動でいまにも昇天しそうなぐべっ!」

「貴殿は黙ってなさい!」

感極まってベラベラまくし立てたクレーエを、立ち上がったジャンヌが襟首を引っ張ることで黙らせた。……帝国組も相変わらずだなぁ。

「っ!?」

そのとき、なにか寒気のある視線を感じた。その視線を感じたほうへ振り向くと、フウガの隣に座ったハシムがこっちを睨んでいた。この場の和やかな空気とは対照的に、俺のことを警戒しているかのような視線。するとその視線が横にずらされた。

その視線の先を追うと、ユリウスもまたそんなハシムに目を光らせていた。

……おそらく、俺が気付くよりも前にハシムの不穏な気配を感じとっていたのだろう。

なにか仕掛けてくるのではと警戒していたようだ。睨み合う二人の知恵者。

(……下手に突いても話を長引かせてしまうだけだろう。ハシムへの警戒はユリウスに任せて、議論を先に進めたほうが良さそうだ)

場の雰囲気を壊さぬよう、俺はそちらには触れずに話を進めることにした。


「一先ず、魔虫症の対処としてはこの方針で良いだろう」

一息吐いた後、俺はマリアとフウガの顔を見ながら言った。

「だが、今後このような病がいつ、どこで発生するかもわからない。今回の魔虫症も魔浪によって条件が揃ったことにより発生したものだと思われるが、誰も発生を予測できなかった。明日、どこでこのような病が発生するともかぎらない。フリードニア王国かもしれないし、帝国や大虎王国で発生するかもしれない」

「そうだな……」「そうですね……」

フウガとマリアも頷いていた。俺も頷き話を続けた。

「そして今回の件でわかるとおり、一度このような病が蔓延してしまえば一国だけで対処することは不可能だ。病は国境や勢力の別など気にしないからな。だからこうやって各国と連携して対処に当たらなければならないのだが、こうやって主要国の首脳を集めるのも大変だ。そこで病に対する国際的な取り決めをこの場で決めてしまいたい」

「取り決め、ですか？」

「はい。病気が発生した場合は秘匿せずに他国にも情報を公開し、速やかに防疫措置を実行し、必要ならば他国に協力を求め、他国もその求めに応じて医薬品や医療器具を融通する……そういう仕組みを作りたい。早い話が今回魔虫症に対して行ったことを、常に行えるような状態に整えておきたいってことだ。病が発生しても蔓延する前に封じ込め、世界が一丸となって解決に動けるように」

「なるほど。素晴らしい考えだと思います」

　マリアがそう言ってポンと手を叩いた。一方、フウガは首を傾げた。

「そうできれば理想的だが、そううまくいくか？　病の発生を秘匿したらどうなる？」

「各国の協力は得られないと思ってくれ。自国だけでどうにかできるなら良いが、今回の件を観れば病が人の手に余るということがハッキリとわかるだろう。魔虫症の対策を大虎王国だけで行いたいと思うか？」

　そう尋ねるとフウガは肩をすくめた。

「……それは勘弁だな。なるほど。それをここに居る五カ国……竜騎士王国も入れれば六カ国か。この六カ国で決めようってわけか」

「ああ。仮にこれを『バルム医療宣言』としよう。今回の魔虫症への対応をこの宣言の第一弾の活動にしたいと思っている。これについても帝国と大虎王国には、ゼムや正教皇国にも加盟を働きかけてもらいたい。精霊王国は問題なく受け入れるだろうし」

「全人類国家にですか。『人類宣言』よりも大きな枠組みになりそうですね」

マリアにそう言われて、俺は頷いた。

「病とはそれほどまでに恐ろしいのです。人類の名の下に一丸となって挑まなければならないほどに。その上で……フウガ、シィル女王」

「なんだ?」「ん？　私ですか」

キョトンとする二人を見て、俺は言った。

「世界規模で防疫措置を実行するためには、各国間で医療知識に差がありすぎるのも困る。特にフウガ。大虎王国のような広大な土地を治める国には、基本的な医療知識を持っていてもらわなくては困るんだ」

「お、おう……だが、すぐにというのも無理だぞ?」

「……うちもです。先程の防疫の話も難しすぎて半分も理解できていませんし」

戦場では堂々としている二人だが、武勇が活かせない学問分野の話を振られると途端に自信がなくなるようだ。わかりやすく困惑顔になっている。

「……わかってる。だから大虎王国と竜騎士王国には、我が国に人を派遣して医療を学んでもらいたい」

「「なっ！」」

俺の提案にフウガとシィルが目を丸くしていた。

「いいのか？　お前らにとってはそれも外交の武器になるだろうに」

フウガに言われて、俺は小さく溜息を吐きながら言った。

「仕方ないだろう。もちろん供与できる医療技術には制限をかけることにもなるだろうけど……今回の件で、基礎的な知識すら持っていないことの危うさを痛感した。今回はたまたま発生場所が島だったから大陸への拡散は抑えられたが、もし大陸の、防疫に関する知識を持っていない国で発生したらと考えると、恐怖だ」

「ああ……うちの国で発生したらと思うとゾッとする。うちは魔王領に接しているから発生条件は整っちまうだろうし、人の往来も激しいから拡散の速度も速そうだ」

フウガが腕組みをしながら唸った。理解が早くて助かる。

「だろう？　だからこそ人を派遣して医学を学ばせてほしい。これは共和国や諸島連合に対しても言っていることだ。だよな？」

『おう。オイラが帰国してからは結構な数の留学生を派遣しているぜ』

『私も、派遣はこれからですが各島に声を掛けて意欲のある若者を集めています』

映像越しにクーとシャボンが答えた。俺はマリアのほうを見た。

「帝国も我が国同様医療の発展に努めていることだろう。もしマリア殿が受け入れてくれるなら、そちらへの留学も可能なのだが……」

「もちろん。受け入れますわ」

話を振ると、マリアはニッコリと微笑んで頷いた。

するとシィルが「おおお！」と声を上げて身を乗り出した。

「それは素晴らしいです！　是非、我が国からも留学生を派遣したいです！」

「……そうだな。うちの国からも送ろう。よろしく頼む」

思案顔だったフウガも承諾した。

これから細かい内容を詰めていく必要はあるが、一先ず、この世界初の全国規模での医療に関する決め事『バルム医療宣言』が出されることとなった。

その活動の第一弾として魔虫症への対応に全力を注ぐべく、俺、マリア、フウガは早速それぞれの国に対して指示を出すことにした。俺もハクヤにいま決まったことを手紙に書き、アイーシャに頼んで伝書クイで大陸西岸の港街まで送ってもらった。

「一先ず、成果は得られたと思っていいかな……」

「十分によくやったと思うわ、ソーマ」

ホッと胸をなで下ろしていると、リーシアが傍に立ってそっと背中に触れてきた。

幕間話 ✦ リーシアとマリア

バルムでのサミットが終わり『バルム医療宣言』が出された後、フリードニア王国、グラン・ケイオス帝国、ハーン大虎王国の面々はそれぞれの国に帰ることになった。

本来ならばこれだけの君主が揃っているのだから、開催国となったノートゥン竜騎士王国としても晩餐会を開き、これを機会に各国との友誼を結びたかったことだろう。ただソーマもマリアもフウガも忙しい身分だし、魔虫症への対処のためにも早めに帰国しなければならなかったため、この国で一泊する余裕はなかった。

とはいえ、またとない機会であることは確かなのでわずかな時間ではあるが、懇談する時間が設けられることになった。

ソーマとユリウスは、フウガとシィルとの間を取り持つべく二人と話していた。

「今回の件は各国が連携して動かなければならない。互いに遺恨はあるかもしれない。それを水に流せとまでは言わないが、せめて病の終息後に回してほしい」

「私も、ラスタニアでのことは一旦忘れるつもりだ」

連携して動くことにはなったが、両国は交戦してから日が浅いためお互いに含むところがあるだろう。その齟齬が足を引っ張ることのないよう話し合っていたのだ。

ソーマとユリウスの言葉にフウガもシィルも頷いた。

「わかっている。病への共闘を持ちかけたのはこちらだ。いまは全面的に従おう」

「……こちらも、仲間たちの死は戦場でのことと割り切ります」

二人の言葉にソーマはホッと胸を撫で下ろしていた。

四人がそんなことを話している中、手持ち無沙汰になったのがリーシアだった。

交渉の補助にユリウス、護衛にアイーシャとナデンが目を光らせていればリーシアの出番はないだろう。そう判断したリーシアはそっとソーマの傍を離れた。

(折角の機会だし、ね)

リーシアにはどうしても話してみたい人が居たのだ。

「マリア殿」

「これはリーシア様」

リーシアが声を掛けるとマリアは花が咲くように微笑んだ。

(うわっ……すごい綺麗……)

その笑顔を前にリーシアは同じ女性でありながら一瞬見とれてしまった。

一見するとジュナのような大人びた美人という印象だが、持っている雰囲気はまったく異なっていた。ジュナの放つ輝きがアイドルのものなら、マリアの放つ輝きは芸術品のような神々しさがあった。聖女という呼び名は伊達ではないとリーシアは思った。

「こうして直接お話しする機会を得られて、とても嬉しいです」

マリアにそう言われて、リーシアも我に返った。

「は、はい！　そうですね。ジャンヌ殿とは小さい頃に一度だけお会いし、一緒に遊んだことがあったのですが……マリア殿とはこれが初めてですよね？」

「ジャンヌは小さい頃から活発で、お父様の外遊にもついて行ってましたからね。私はどちらかといえば内向的でしたので、帝国でお留守番も多かったんです」

「ああ……私もジャンヌ殿と似たようなタイプでしたね。お転婆すぎてよく母上に窘められてました」

「フフフ。それならジャンヌと意気投合するでしょうね」

　そう言うとマリアは隣の空いてる席をポンポンと叩いた。

「お座り下さい。折角の機会です。ガールズトークしましょう」

「ガールズトーク……ですか？」

「はい。私は女皇、リーシア様は王妃でしょう？　家族以外で、対等な立場の女性と気を遣わずに話せる機会など中々ありません。ごくごく普通の、街の奥様方のように、気の合う女友達と井戸端会議などしてみたいのです」

「は、はぁ……わかりました」

　リーシアは少し緊張した面持ちでマリアの隣に座った。

「そんなに緊張なさらなくて大丈夫です。普通に話して下さって結構ですし」

「そ、そうで……そう？　じゃあマリア殿も」

「あー……私のこの口調はクセですし、個性ですので」

「ジュナさんみたいな感じってこと？」

「まあジュナ・ドーマ！　あ、いまはジュナ・ソーマ殿でしたっけ。素敵な方ですよね。ソーマ殿に送っていただいた簡易受信機で教育番組を観てますわ」

「……帝国の女皇がアレを観てるの？」

帝国の聖女と謳われるマリアが、歌のお姉さんバージョンのジュナと、珍妙不可思議な着ぐるみ『ムサシ坊や君』がお送りする教育番組を楽しそうに観ている姿を想像し、そのシュールさに若干の呆れ顔になっていた。

（なんだろう。この話してて肩の力が抜ける感じ……突拍子もないことを言い出すときのソーマに似てる？）

「そういえばマリア殿も政務室で寝泊まりするのよね？」

「はい。ソーマ殿もですよね？」

「ええ。さすがに結婚してからは減ったけど、その前はよく寝泊まりしてたわ」

「ウフフ、私とソーマ殿は『政務室でおやすみ同盟』ですね」

「あ、それ、私とロロアも入れるわ。私はソーマと初めて会ったとき、政務を手伝いながら『すや〜』と寝落ちしちゃったし、ロロアは徹夜で経済対策を話し合っていた日なんかは、よくソーマの簡易ベッドに潜り込んでた」

「あらあら、とても可愛らしい方ですね」

マリアはニッコリと微笑んだ。ちなみにリーシアは簡易ベッドでガッツリ寝たことがあるのだが、そのときのことは意図的に省いた。なにせその夜は初めてソーマと……という特別な日だったため言えるわけがなかったからだ。

「ロロア殿といえば元アミドニアの公女の方でしたか？」

マリアに尋ねられ、話題を変えられると思ったリーシアはコクコクと頷いた。

「うん、そう」

「国ごとソーマ殿に嫁いだ方ですよね。素晴らしい胆力です」

「まあそうだけど……王国に嫁いできたあとはお調子者な印象が強いわ。もうお母さんになったんだし、少しは落ち着いてほしいんだけど」

リーシアが肩をすくめると、マリアはクスクスと笑った。

「元気なのは良いことです。それに妃同士仲が良いのですね」

「ロロアは私たちを姉と立ててくれるからね。私たちとしても妹分として可愛がりやすいのよ。まあ、そこらへんわかってやってるんだから抜け目ないわよね」

「素敵な方ですね。一度ゆっくりお話ししてみたいです」

「良いと思うけど、なにを話すの？」

「国の押し付け方とか」

「帝国を!?　押し付けられた相手はたまったものじゃないわね……」

「たまったものじゃない……ですか。普通、位人臣を極める帝国の皇帝になれるなら喜ぶと思うんですけど……迷惑そうにするのがソーマ殿の奥方らしいですね」

「そりゃまぁプレッシャーに苦しむソーマの姿を見てるからね。だから……押し付けられるものなら押し付けてしまいたいと思うマリア殿の気持ちもわかるわ」

「……そう言ってもらえるだけで、救われる気分です」

なんだかしんみりとした空気が流れた。

そんな空気を変えるようにリーシアはポンと一つ手を叩(たた)いた。

「そういえば、マリア殿もジュナさんと同じように歌姫(ローレライ)として活動してるのよね？」

リーシアがそう尋ねるとマリアは「はい」と頷いた。

「国民からの要望が多かったので、いまでもたまにやっています」

「凄(すご)いわよね。私には無理だなぁ」

「そうですか？　お綺麗ですし、人気が出ると思いますが？」

「いやその……歌が『逆マーチ』と言われるほどで……」

「行進曲(マーチ)の逆？……行進してきた軍が引き返す、ってことでしょうか？」

マリアに尋ねられ、リーシアは羞恥で頬を染めながら頷いた。

「プッ、アハハハハ！」

するとマリアは吹き出すと大声で笑い出した。帝国の聖女の大爆笑という中々に見られない光景に、ソーマをはじめその場にいた誰もが二人の方を注目したが、リーシアは慌てて「べつに、なんでもないから！」と声を上げて視線を追い払った。

「マリア殿も笑いすぎよ！」

「ご、ごめんなさい。フフフ、逆マーチって単語がツボで……」

笑いすぎて出てきた眦（まなじり）の涙を拭いながらマリアは謝罪した。

「ああもう、ここ数年で一番笑ったかもしれません」

「ソレハ良カッタワネ」

「フフフ、そんな顔しないでください。そうそう、歌といえば……そちらの国の歌、とくにソーマ殿の世界の歌を放送会談のついでに教えてもらっていたんです」

「？　そうなの？」

リーシアはキョトン顔になった。帝国との放送会談は基本的にハクヤとジャンヌの間でやり取りしているし、ソーマとマリアが会談する際にリーシアが同席しないことも多かったので、そんなことまでやり取りしているとは知らなかったのだ。

マリアはニッコリと笑いながら頷いた。

「はい。教えていただいた曲の中では『Катюша（カチューシャ）』とかが好きです」

「何語よ？　ソーマの居た世界の言語？」

「ソーマ殿にとっても異国の言葉だと言ってましたね。明るい曲というわけではないのですが、歌っているとなんだか元気が出てくるんですよね」

「ふ～ん……なんで？」

「さあ、なんでなんでしょうね？」

マリア自身もよくわかっていないようだった。

「フフフ。楽しいですね。こうやってお喋(しゃべ)りするのは」

　そうやって穏やかに談笑する中で、マリアはふと笑みを消した。

「マリア殿？」

「……ときどき、思ってしまうのです。ソーマ殿が召喚されたあのとき、勇者か支援金かの二択ではなく、あくまでも勇者の受け渡しにこだわっていたら、いまごろ私の周りや帝国はどうなっていたのだろうって」

「あのとき、ソーマを帝国に差し出していたらってこと？」

　リーシアがそう尋ねると、マリアは静かに頷いた。リーシアは少し考える素振りを見せた後で、すぐに「いやいやいや」と頭(かぶり)を振った。

「考えたくないわ。歴史が古いだけのアンティーク国家と呼ばれていた頃の王国に、ソーマ召喚後の艱難辛苦(かんなんしんく)を乗り越えられるとは思えないもの。緩やかに摩耗していっていまごろ死に体になってるんじゃない？　それに、ソーマが居なかったら登用組(みんな)にも会えていないだろうし、シアンとカズハだって生まれてこないもの」

「そうですよね。リーシア様の立場ならそう思うのが当然です」

　マリアはリーシアの言葉を全肯定した。

「だからこそ……思うのです。もちろん可能性の話でしかありませんが、私にもそういった未来があったのかな、と。ソーマ殿がパートナーとなって帝国の改革を行い、仲間を集めて賑(にぎ)やかな国を造っていく……そんな未来が」

「マリア殿……」

「もしかしたら私が先にお母さんになってたかも？」

「うわっ、想像するとなんか微妙な気分」

リーシアが複雑な顔をするとマリアはクスクスと笑っていた。最後のは茶目っ気なのだろう。そんなマリアを見て、リーシアは「ふぅ」と息を吐いた。

「そもそも、パートナーと言うなら、いまのソーマとマリア殿も十分パートナーのように見えるわ。それこそ、放送越しに初めて対面したときから妙に息が合ってるし」

「っ!?　そうですか？」

そんな風に言われるとは思っていなかったのか、マリアは目を丸くしていた。

リーシアは首の裏側に手をやりながら言いにくそうに語った。

「国も違うし立場も違う。交渉相手だから腹を探り合わなきゃいけないし、過度に親しくもできないけど、敵対的になってもいけない。そんな複雑な関係のはずなのに、ソーマとマリア殿って時々妙にわかり合ってる感じを出すじゃないですか」

「ああ……ジャンヌにも何度か言われたことがありますね。私とソーマ殿とのやり取りを聞いていると、自分が仲間はずれにされてる気分になると」

「その気持ち……なんとなくわかるわ。まあ嫉妬なんだけどね」

リーシアの言葉にマリアは「あら」と目をパチクリとさせた。

「ハッキリと言ってしまうんですね」

「嫉妬の感情は持ってて当然。相手がそれだけ自分にとって大事な人ってこと。だから押し込めるものじゃなくて受け入れるものだって、だいぶ前に学んだから」

「……やはり素敵な方ですね。貴女(あなた)は」

マリアは穏やかに微笑(ほほえ)んだ。リーシアも笑顔を返す。すると、

「おーい、リーシア。そろそろ」

向こうのほうで話していたソーマがリーシアのことを呼んだ。

そろそろ帰る時間なのだろう。それぞれが治める国へと。

「お話しできて嬉(うれ)しかったです。リーシア様」

そう言うとマリアはリーシアに手を差し出した。

「いずれまた、今度はもっとゆっくりと語り合いたいものです」

「はい！　私も、その日を心待ちにしています」

リーシアはその手を取って、二人は固く握手を交わすのだった。

第十二章　終息

別れの挨拶のとき、俺とマリアとフウガは両手を重ねた。

「今日は会えて良かったです。ソーマ殿。フウガ殿」

マリアがそう言うとフウガも頷いた。

「ああ、俺もだ。帝国の女皇とも親交を結べたんだ。貴重な経験だった」

「そうですね。病というものへの対処がこれほどまでに大変で、多くの方の力が必要であるということを痛感いたしましたわ。それこそ国を挙げて挑まなければならないなんて」

マリアがしみじみと語った言葉に、俺も「そうですね」と頷いた。

「俺の居た世界には『上医は国を医し、中医は人を医し、下医は病を医す』という言葉がありました。……俺としてはあまり好きな言葉ではないですけど」

「そうですか？　良い言葉だと思いますけど？」

キョトンとした顔をするマリアに、俺は苦笑しながら肩をすくめた。

「中医と下医はわかります。病を治すだけで満足せず、病に不安になる患者に寄り添うのが良い医者だってことでしょう。ただ上医が国を癒やすというのは、『戦争や疫病の発生を防ぐことが大事だ』という為政者への教えです。……でも、それって個人の力ではどうにもならないことですよね？　だから俺は上医なんていないと思うんです」

俺はフウガとマリアの顔を見た。

「一個人の医者としては人を癒やせれば十分です。あとはそんな人々の力をつなぎ合わせて、結集し、支援することで、国家規模の病にも立ち向かえるのだと思います。俺たちが手を取り合えば魔虫症といえども克服できるでしょう。協力して病と闘おう」

「おう！」「はい」

そして手が離れると、マリアはドレスの端を持ち上げて一礼した。

「それでは、お先に失礼します」

そう言ってマリアはジャンヌ、クレーエ、ギュンターたちと共に去って行った。その背中を見送った後で、フウガが「……強い女だな」とポソリと呟いた。

「あれが帝国の女皇か。あの華奢な肩に大国の威信を背負っていながら、それに押し潰されることなく凛と立っている。並の将より肝が据わっている」

「……そうだな。凄い人だよ、彼女は」

「ムツミやお前の嫁さんたち並み、いや、それ以上に強いかもな。世の中おもしれぇヤツがいるもんだ」

腕組みしながら心底おもしろがっている様子のフウガ。

………。俺はそんなフウガに尋ねてみたいことがあった。

「……なぁフウガ」

「ん？　なんだ？」

「俺とフウガとマリア……この三人が協力すれば世界を動かせるだろう。病にだって立ち向かえるんだ。それこそ……魔王領の問題だって、三国で歩調を合わせればいずれ好転させられるんじゃないか？」

「…………」

「そういう選択肢は、お前の未来図にないのか？」

多分、三国で協力していくことが一番穏やかに世界を変えていく方法だろう。

時間はかかるかもしれないが、急な変革を行わないぶん反発を生みにくく、治政の歪みも生じにくいはずだ。……しかし。

「悪いな、ソーマ」

フウガはカラッとした笑顔で断った。

「俺は〝いずれ〟とか〝いつか〟とかって言葉は嫌いなんだ。〝そのとき〟は自分の意志で決めたいと思っている。〝そのとき〟がいつ来るという保証もないしな」

やはり、お前はそういう選択をしてしまうのか……。

「……ヴィルトゥ」

「ん？　なんだ？」

「……いや、なんでもない。とにかく、いまは共闘してくれよ」

「おう。少なくとも病に打ち勝つそのときまではな」

そう言ってフウガたちは去って行った。

さっき思わず口を衝いた言葉について考える。ヴィルトゥとは……マキャベッリが運命の女神フォルトゥナと対を成すものと考えていたものだ。その著書『君主論』の中では『力量』『技量』『熱情』『人の意志』など様々な意味で使われている。

人の栄枯盛衰の運命の半分はフォルトゥナが握っているが、残り半分は人のヴィルトゥに委ねられている（人の意志によって運命を半分くらいは変えられる）という風に。

フウガはまさにヴィルトゥの塊のような男だった。

その後、シィル女王に挨拶をしてから俺たちも帰国の途に就いた。

「ハシムはずっとソーマのことを睨んでいたな」

ゴンドラでの帰路の途中で、ユリウスが口を開いた。

「このような会談を開催できる手腕、大国同士の繋がりを見せつけられたのだからその反応も当然だがな。フウガに覇道を歩ませようとしている者にとっては、各国と連携できるフリードニア王国は目障りだろうし」

「ソーマのことを危険視してるってこと？」

リーシアに尋ねられて、ユリウスは肩をすくめながらふぅと息を吐いた。

「それはいまさらだろう。亡命者であるラスタニア王家や、サミ・チマなどを受け入れているんだ。とっくに危険視はされていたはずだ。……ただ、ハシムがこちらを明確な敵とみなしただろうことは厄介だ」

「何か仕掛けてくるってこと？」

「いずれは、な」

重くなった雰囲気。そんな空気を変えるために俺はポンと手を叩(たた)いた。

「だけど、これでフウガは当面、俺たちと歩調を合わせなければならなくなった。医療技術は欲しいだろうし、魔虫症への不安があるかぎりは下手な動きをしてこちらの不興を買いたくはないだろう。あと数年はアイツにとっては雌伏の時間となるだろうさ」

俺はゴンドラの窓から空の景色を眺めた。西に沈みゆく夕日が見えた。

「その間に……俺たちも着々と力を付けていくしかない。どんな状況になっても揺るがない国にしておかないと」

俺がそう言うと、皆揃(そろ)って頷(うなず)いたのだった。

一方その頃、竜騎士王国と国境を接しているフウガたちは陸路で帰っていた。

その帰路の途中で、ハシムはフウガに馬を寄せて言った。

「フリードニア王国。あの国は危険です」

「そうだな……ユリガの言っていたとおり、侮れない国だ」

飛虎ドゥルガに跨(また)がったフウガは欠伸(あくび)をかみ殺しながら言った。

「海洋同盟で共和国や諸島連合と連携しているだけでなく、帝国とも繋がりがある。下手にちょっかいかけようとすれば東西から袋叩きにされるだろうな。港街を供与することで帝国と王国との仲に楔を打ち込めるかと期待したが……無理そうだ」

暢気な様子で言うフウガに、ハシムは眉根を寄せた。

「それがわかっていて、なぜそう暢気に構えていられるのです」

「脅威ではないからだ……マリアもソーマも大した君主だが、国をこれ以上大きくしようという気概はないからな。マリアは父から、ソーマは義父から、すでにいまの完成形である国を譲り受けていたというのが大きいだろう。まあソーマはアミドニアを併合したが、それもロロア妃が譲っただけだ。それ以上の国土や民を抱え込もうという意思はない。だからこちらが手を出さないかぎりは攻めてくることもない」

フウガはドゥルガの背にゴロンと横になりながら言った。

「一方で、俺たちの国は小国から始まっている。いまでは王国や帝国とタメを張れるくらい大きくなったが、失ったところでもとの小国に戻るだけだ。そうやって失うことを恐れないからこそ、変化を恐れないからこそ強大化もできるってもんだ。いましばらくは王国や帝国と歩調を合わせるしかないだろうが……その間に、着実に力を蓄えないとな」

「となると、魔王領の解放を進めますか?」

ドゥルガを挟んで反対側に居たムツミに尋ねられ、フウガは笑った。

「そうだな。それに、こっちはこっちで繋がりを強化していく必要がある。精霊王国の半分は組み込めるだろうし、アンを通じて正教皇国への影響力を強化する。あそこは光系統魔導士を多数抱えているだろうし、何割かをこっちの管理下に移して王国で医学を学ばせよう。それと……」

「傭兵国家は……欲しいですな」

ハシムの言葉にフウガは愉快そうに笑った。

「ハッハッハ。そうだな。強さがものを言う国ならば、実に俺向きだ」

大陸はしばらく安定した時期を迎えそうだが、その次に訪れるであろう動乱の火種はすでに燻っていた。

——大陸暦一五五〇年八月半ば。

三勢力の首脳が介しての会談が行われた日からしばらく経った頃。

宰相ハクヤとトモエ、イチハ、ユリガの子供たち三人組、そしてヒルデやブラッドなどの王国から派遣された医師団は、いまはフウガの勢力圏となっている父なる島の城壁都市『ミン』に来ていた。

父なる島で祭祀を執り行ってきたミンだが、いまは野戦病院のような有様だった。魔虫症に苦しむ患者たちを受け入れ、治療を行う前線基地となっていたからだ。

ミンの中央部にあり、祭祀に使われていたチチェン・イッツァのような形状の建造物さえも、内部に小部屋を多数抱えていたため病室として利用しているほどだ。

魔虫症の患者は父なる島からだけではなく、母なる島からも受け入れていた。

エルル姫が父の精霊王国国王ガルラに手紙を送り、魔虫症の治療法の確立と患者の受け入れを伝えていた。ガルラもそれを快諾した結果だった。

父なる島で改革・開放派のハイエルフたちが半独立状態になっていることに、内心では苦々しく思っていた母なる島のハイエルフ至上主義の老人たちも、背に腹は替えられず、ガルラがこの申し出を受け入れることに反対はできなかった。

ガルラはこの空気を利用して母なる島をまとめ上げると、母なる島の患者と輸血を提供するための健常なハイエルフを父なる島に送りながら、父なる島の改革・開放派筆頭のエルル姫、フウガ軍の代表シュウキン、フリードニア王国の代表ハクヤらと緊密に連絡を取る態勢を構築したのだった。全勢力が共闘を成し遂げていたのだ。

「まずは症状の軽い者から治療していくよ！　輸血を必要としない者たちからだ！」

現場では魔導医師の指揮を執るヒルデがそう言って患者を仕分けていた。

症状が進行している患者ほど治療には時間と血液が必要となる。

まずは体内に魔素が残っていて輸血を必要としない軽度の患者を治療して、重症患者を増やさないことに努めたのだ。それはつまり、いまにも死にそうな者ほど治療を後回しにするという……命の選別でもあった。

「なんだか……やるせないわね」

「うん……」

そのことに、患者の衣類の洗濯や消毒、荷物運び、ヒルデとブラッドの娘ルディアの子守りなどの雑用を手伝っていたトモエとユリガは複雑な顔をしていた。いまは猫の手も借りたい状況なため、非戦闘員である二人も手伝いに借り出されていたのだ。

「目の前で苦しんでいる人がいるのに、なにもできないなんて……」

ユリガの言葉に、トモエも静かに頷いた。

「うん。でも、一番辛いのはヒルデ先生たちだと思う」

「そうね……歯痒いわ。運ばれてくる患者に対して医者の数が少なすぎるもん」

「ハクヤ先生は義兄様がなんとかしてくれるって言ってたけど」

二人がそんなことを話していた、そのときだった。

「船だ！　船が来たぞおおお！」

遠くの方から誰かがそう叫んだ。

「その数膨大！　掲げている旗印は九頭龍諸島連合！」

「「っ!?　来たっ！」」

二人は顔を見合わせると荷物運びを済ませ、住宅部にある民家へと駆け込んだ。

その民家の中ではハクヤ、イチハ、すっかり回復したシュウキン、エルルが机の上に広げた地図の前で、虫形魔物の駆除のし残しがないかを精査しているところだった。

「「ハクヤ先生！　船が来たって！」」

駆け込んできた二人が声を揃えて言うと、四人も一斉に顔を上げた。

「っ！　来ましたか」

「やっときてくれたか！　待ちに待った援軍が！」

ハクヤとシュウキンが思わず立ち上がると、エルルとイチハも立ち上がった。

「浜へ急ぎましょう、シュウキン様！　兵を集めます」

「僕たちも行きましょう」

こうして六人は護衛の兵士を連れてミンからほど近い浜辺へと向かった。

父なる島には多数の船を接岸させられるような港街はなく、船で乗り付けるには浜の近くに停留して小舟で上陸するしかなかった。六人が浜に辿り着くとすでに九頭龍諸島の船団は荷下ろしを開始していた。

また船からは光系統魔導士と思われる者たちがゾロゾロと下りてきている。数十人はいるだろう。彼らがおそらく帝国と共和国からかき集められた魔導医師のようだ。

するとそんな人々の中で、一際異彩を放っている銀色の鎧をまとった男がいた。

「ふう……船ってのはどうも好かないな」

そんなことをぼやくその男の姿を見て、シュウキンとユリガが揃って目を見開いた。

「あれは……フウガ様!?」

「えっ、お兄様!?」

浜辺の男たちと話していたその人物は紛れもなくフウガ・ハーンその人だった。

二人が慌てて駆け寄ると、フウガも二人のことに気付いたようだ。

「シュウキン！」

フウガが手を差し出し、シュウキンとガッチリと握手をした。

「元気そうじゃないか！　心配したんだぞ！」

「ご心配をおかけしました！　おかげさまで命を長らえることができました！」

「当たり前だ。俺の右腕が病なんかで倒れるかよ」

主従で再会を喜んでいると、ユリガが進み出た。

「お久しぶりです。お兄様」

「おう、ユリガ！　お前も元気だったか？　こうして直接会うのも久しぶりだが……少し見ない間に大人っぽくなったんじゃないか？」

「そ、そうかな？」

大きくなったと言われて、照れたように自分の身体を見るユリガ。

そんな三人のもとへハクヤたちも歩み寄ってきた。

「初めましてフウガ殿。ハクヤ・クオンミンと申します」

「おう、ソーマのとこの黒衣の宰相だな。よろしく頼む」

フウガは握手をすると、今度はハクヤの後ろにいたトモエとイチハを見た。

「トモエ嬢とイチハに会うのは東方諸国連合以来だな。二人のことはユリガからの手紙にもよく書いてあるからな。いつもユリガと仲良くしてくれてありがとうな」

「ちょっとお兄様！」

ユリガが顔を真っ赤にして抗議した。仲良しだと手紙に書いていることがバレて恥ずかしかったようだ。二人はそんなユリガの様子を見てニッコリと笑った。

「はい！　ユリガちゃんにはいつも仲良くしてもらってます」

「頑張り屋さんで根は優しい人ですから」

二人にもそう言われて、ユリガの顔はますます茹で蛸のようになっていた。

そんな和やかな空気が流れたあとで、ハクヤがフウガに尋ねた。

「フウガ殿はどうしてこちらへ？　いらっしゃるとは聞いていませんでしたが」

「一度現場を見たかったのと、戦っている将兵たちの激励のためにな。海を嫌がるドゥルガを置いてきたんで、ソーマに頼んで九頭龍諸島連合の船に乗せてもらったのさ。ムツミやハシムは渋い顔をしていたがね」

それはそうだろう、とハクヤは思った。

見たところフウガに供を連れている様子はない。いくら武力に自信があるといえど、国王一人を他国の船に乗せるなんて奥方や配下は気が気じゃないだろう。

シュウキンもあきれ果てているようだった。

「貴方という人はまったく……」

「そう硬いことを言うなって。お前の元気な顔も見たかったんだしよ」

フウガはシュウキンの肩に腕を回しながら快活に笑った。

「しかし本当に治って良かったな」

「ええ。フリードニア王国のお医者様たちのお陰です」

「そうか……ソーマのとこの医者には感謝しないとな」

「はい。私や兵たちの命を救ってくれて、いくら感謝してもしたりませんよ」

「……」

笑顔で話すシュウキン。フウガは出立前にハシムに言われたことを思い出した。

『今回の件で痛手なのは、今後フリードニア王国と事を構えることになった際に、シュウキン殿を要職で用いることができなくなったことです』

ハシムの言葉にフウガは訝(いぶか)しげに眉根を寄せた。

『……当面ソーマとは事を構えるつもりはないが……一応聴こうか』

『シュウキン殿は真っ直(まっす)ぐな武人気質の御方(おかた)です。魔虫症から救われたことで王国に恩義を感じていることでしょう。それが彼(か)の御仁の魅力でもありますが……今後フリードニア王国との戦になった際には剣先が鈍ると考えられます。その躊躇(ちゅうちょ)が思わぬ不覚に繋(つな)がるやもしれません』

『そうなったときは……後方に下げておくしかないか』

『御意。あのような優れた将を遊ばせておくのは口惜しいですがね……』

たしかにハシムの言うとおり、シュウキンはフリードニア王国の人々に恩義を感じているようだった。

（もしも今後、ソーマと争うようなことになった場合には、シュウキンを前線に出すのはやめたほうがいいだろう。おそらく葛藤するであろうシュウキン自身のためにも）

　フウガはそんなことを思った。その一方で、次々と魔導医師が上陸し、エルルの先導でミンへと向かうのを見たユリガは、ホッとした様子でトモエとイチハに言った。

「これだけの人数が居れば人手不足も解消されるかしらね」

「そうだね。これで多くの人が助かるんじゃないかな」

「はい。ヒルデ先生やブラッド先生たちも肩の荷が下りるでしょう」

「私たちも雑用から解放されるわよね？　王国に帰ってゆっくりしたいわ」

　浜辺にぺたんと腰を下ろしたユリガ。

　そんなユリガにイチハは申し訳なさそうな顔で言った。

「でも、そろそろ夏期休講も終わるころですよ？」

「げっ、もうそんな時期なの!?ってやば、休講中の課題に手を付けてないわ」

「フフフ、一緒に頑張ろうね、ユリガちゃん。やらないとまた補習になっちゃうし」

「補習はいやあああああ!!」

　頭を抱えて叫ぶユリガを見て、トモエとイチハは顔を見合わせて笑うのだった。

エピローグ ◆ 彼の名は

——大陸暦一五五〇年九月半ば。

ハクヤとトモエちゃんたちが父なる島から帰還してしばらく経った。

ヒルデとブラッドたち各国から集められた医師団はいまもまだ父なる島で、魔虫症の治療と研究に取り組んでいることだろう。そう簡単に事態が沈静化できるものでもないだろうし、彼らの帰還はまだまだ先のこととなるだろう。

そんな折、俺はリーシア、アイーシャ、ナデンと共にエクセルが艦長を務める戦艦アルベルトⅡに乗って海を進んでいた。

九月のはじめにラグーンシティを出たアルベルトⅡは、護衛の五隻の軍艦と共に九頭龍諸島連合の海域を通過して、精霊王国のある母なる島へと向かっていた。

護衛の五隻中三隻はシャボンが付けてくれた諸島連合の艦で、諸島連合の海域の水先案内を務めてくれていた。

そんなアルベルトⅡの甲板では……。

「は~、風が気持ち良いわね」

リーシアが艦の縁から身を乗り出し、潮風にリボンを解いた髪を靡かせていた。

九月に入ってもまだまだ暑い日が続いていて、日の光を受けて輝く眼前の海も夏の景色だった。共和国の海辺で浜焼きをしたときは遠くに氷の大陸が見えていたし、九頭龍諸島でオオヤミズチと戦ったときは冬の荒波だったことを考えると、こうして夏らしい海を満喫するのは初めてのことかもしれない。

するとリーシアは隣に立つ俺を見ながらクスクスと笑った。

「ソーマとこんな穏やかな気分で出掛けるのって久しぶりな気がするわ」

「……そうだな。ずっと子供たちを見てくれてたし」

リーシアは子供たちが生まれてからしばらくは母親として付きっきりだったし、俺は俺でいつもの政務に、ゼムとの外交に、オマケに怪獣退治にと大忙しだった。

もちろん同じ王城に居たし、育児には可能なかぎり参加していたので家族の時間は取れていたのだけど、リーシアとどこかに遠出する（竜騎士王国でのサミットなどの公務は除いて）なんてことはできていなかった。

そんなシアンもカズハも、何かに摑まることなくその場で立ち上がり、トコトコ歩き回ることができるようになった。前に居た世界の感覚で言うなら幼児保育に預けられるくらい大きくなり、人に任せるということができるようになったのだ。

だから折角なので今回の精霊王国への船旅にリーシアも誘ってみたのだ。

「シアンとカズハも船に乗せてあげたかったわね」

「それは……もう少し大きくなってからだな」

シアンとカズハは王国でお留守番だ。

育児休業中のジュナさんとロロア、二人が懐いている侍従(メイド)カルラや、ちょくちょく王城に遊びに来るアルベルト義父(とう)さんにエリシャ義母(かあ)さんもいるのでお世話をしてくれる人には事欠かなくてすむ。

そのせいもあってか出掛けるときにお見送りされても二人が泣くことはなく、リーシアと二人でなんだか淋(さび)しい気分になったりもした。

リーシアは俺に近寄るとスルリと腕を絡めてきた。

「ふふっ、たまには二人の時間も良いわよね」

「あはは、そうだな」

「でもまあ、ちょーっと後ろからの視線が痛いけどね……」

リーシアが俺に寄り添ったままチラッと後ろを振り返った。

俺も振り向くと艦橋へと続く扉の陰から、アイーシャとナデンがジーッとこちらを見ていた。二人は俺たちが見ていることに気が付くと、サッと扉の陰に隠れた。

「あれでも気を遣ってくれているのよ」

そんな二人の様子にリーシアは苦笑しながら言った。

「久しぶりのノンビリとしたお出掛けだからって、ソーマとの時間を譲ってくれたんだもの。……まあ、それでも気にはなっているみたいだけど」

「ハハハ……」

俺は困ったように笑うことしかできなかった。

嫁さんたちが配慮し合っていることに、夫として口を出せることなんてないし。

するとリーシアはう〜んと大きく伸びをした。

「でも、船旅って良いわね。ゴンドラ移動よりのんびりだけど、どこでも身体を伸ばせるし、その気になれば甲板でアイーシャと模擬戦もできる」

「いいけど……熱が入って船を壊したりしないでくれよ？」

「しないわよ。さすがに」

「まあ……今回は〝アレ〟を無事に運ばないといけなかったからな。ゴンドラをナデンに運んでもらって直行ってわけにもいかなかったし」

俺は船の底にある貨物室の中のものを思い出しながら言った。

「丁重に運ばないといけないものだし、今回は……ね」

「……そうね」

リーシアは少し憂い顔になりながら、コテンと俺の肩に自分の頭を預けてきた。

◇　◇　◇

——数日後。

俺たちの船団は精霊王国の母なる島にある港へと到着した。

港には多くのハイエルフたちが集まっていて歓声を上げていた。まさに国を挙げての歓迎ムードといった感じだった。排他的な国家にしては異例な歓迎ぶりだけど、魔虫症の治療にうちの国が大きく関わっていることを知らされたのと、フウガのように父なる島を勢力下に置いていないことが大きいだろう。

俺たちがアルベルトⅡから下りると、一際立派な服装の月桂樹(げっけいじゅ)のような冠を被(かぶ)ったハイエルフの男性がこちらに歩み寄ってきた。その顔はゲルラとよく似ていた。

「ようこそおいで下さいました。フリードニアの王よ。私の名はガルラ・ガーラン。貴国の世話になったゲルラの兄で、この国で国王をしております」

「初めまして。ソーマ・A・エルフリーデンです」

「我らハイエルフは貴殿らの訪問を歓迎いたします」

「ありがとうございます」

俺とガルラがガッチリと握手をすると、集まったハイエルフの人々から歓声と拍手が沸き起こった。船に居る王国側のメンバーも拍手している。

俺はガルラに、一緒に下船したリーシア、アイーシャ、ナデンのことを手早く紹介すると、早速この国に来た一番の目的を果たすことにした。アルベルトⅡの船員に手で合図を送ると、ギャラリーにも聞こえるように声を張り上げた。

「これより！　我が国が預かっていた貴国の宝を返却する！」

するとアルベルトⅡから一つの積み荷が、丁寧に、慎重に下ろされた。

それは一つの棺だった。

蓋の部分だけがガラス張りになっている棺が、俺とガルラの傍にまで運ばれてくる。

ガルラはその棺を見て……目を細め……やがて天を仰いだ。

その棺の中に入っていたのは、いくらかの花と共に腐らないよう魔法で氷漬けにされたゲルラ・ガーランの遺体だった。長い闘病のためか頬はこけていたが、丁寧に死に化粧が施されていたため、まるで眠っているかのように見えた。

俺は、いまは泣かないよう堪えている様子のガルラに言った。

「ゲルラ殿には死後、研究のためいくらかの臓器を提供してもらいました。ですが、せめて身体は愛した故郷と家族のもとへと返したかった」

「……感謝します。ソーマ王」

涙を堪えきったガルラが俺の目を見て言った。

ゲルラの遺体は整列したハイエルフたちの間をゆっくりと運ばれていった。

文字通り、命を懸けて国につくし、多くの人を魔虫症から救う契機をつくった男のもの言わぬ帰還に、ハイエルフたちは涙を禁じ得ない様子だった。

「おお、ゲルラ様！」

「お労しや……ですが、貴方様のお陰で我らは救われました」

さきほどまでの歓声とは打って変わって、嗚咽や慟哭が聞こえてきた。

そんな人々の姿を見ながら、俺はガルラに語りかけた。

「これから……精霊王国はどうするのですか？」

「変えるべき所は、変えていかなければならないでしょうな」

ガルラは静かな声でそう言った。

「もう国を閉じていられる状況ではないということは誰の目にも明らかです。古い価値観に凝り固まった者たちも、今回のことで重い腰を上げざるを得ないでしょう。その意思をまとめ上げて、貴国ら海洋同盟とも交易がしたいと思っています」

「………」

そんなガルラの言葉に、俺は少し驚いていた。

「意外です。メルーラから聞いた話では精霊王国の国王は武闘派だと聞いていたので」

先代の国王の子には確か武勇に優れた兄と、知勇兼備の弟がいて、武闘派の兄が王位を継いだという話だったはずだ。

だからこそ、精霊王国国王は初めて会ったときのゲルラ以上の頑固者かと思っていたのだけど、こうして実際に接してみると物腰が柔らかく発想も柔軟だった。

「そうですか……」

するとガルラは小さく笑った。

「これは……ただの独り言です。聞き流してください」

「えっ？」

「武闘派だという兄が本当に王位を継ぎたいと思うでしょうか？　あくまで最前線で戦うことを望んでいた兄が、王位を継げと言われたらどういう行動に出るでしょう。自分の下に、自分とソックリで内政を苦と思わない弟がいたとしたら」

「……っ!?　まさか……」

入れ替わったというのか？

あくまでも最前線で戦うために、国王ではなく一人の将であるために。

だとするとここに居る王は……あそこで眠る遺体は……。呆気にとられて間の抜けた顔をしているだろう俺を見て、その〝ガルラ〟は穏やかに微笑んでいた。

なかがき

この度は現国十五巻をお買い上げいただきありがとうございます。緊急事態宣言中は家で作業か、ロードバイクで土手を孤独に走っていたどぜう丸です。元々在宅ワーカーでしたけど、さらに引き籠もりっぷりに磨きが掛かりますね。

さて、この巻ではガーラン精霊王国と医療がメインテーマとなっています。……なんとなくですが、あらすじを見たであろう読者の皆様方の反応が予想できます。

正気か？　この御時世にこのテーマ？　大丈夫なの？

そんな声が聞こえてくるようです。

えー、大丈夫なのかどうかはこれを書いている時点でもわかりません。

ただこのシナリオ自体は例のウイルスが本格的に流行る前の二〇一九年の段階から考えていました。医療をテーマにして、そのシナリオの中で魔素＝ナノマシンという情報を出して、ソーマの居た時代と、いまソーマが居る時代の時間的な連続性をほぼ確定づけようとしたわけですね。この物語は異世界転生ではなく時空転移であると。

それがまさか日常をひっくり返されるような騒動がリアルで起こるとは……。

この十五巻部分のＷｅｂ掲載は二〇二〇年二月から始まり、三月あたりでこの話を掲載し続けて良いのか一旦迷い、四月あたりで『ああ、これはすぐにどうにかできる問題じゃないな（騒動が落ち着いてから掲載だといつになるかわからないから）』と思って掲載を再開したという経緯があります。我ながら紆余曲折したものです。

もちろん、この物語に登場した病気は実在の病気とは関係がありません。

参考にしたのはウイルスではなく、日本住血吸虫症のような寄生虫による感染症です。ソーマは作中で山梨県にある『昭和町風土伝承館 杉浦醫院』に社会科見学で訪れたと言っていましたが、自分も行ってきました。高速バスで昭和町へ行き、見学して、コンビニでご飯買って食べて、すぐに帰るという弾丸取材でしたが、その価値はありました。

そこのガイドの方から様々な話を聞き、実際に日本住血吸虫の中間宿主となっていたミヤイリガイを見せてもらって、その小ささとカワニナとの区別のできなさに驚き、かつて使用されていた医療道具を見せてもらい注射針の太さに戦慄し、二階でこの病気を扱った日米合同政策の映画『人類の名のもとに』を観させてもらいました。

杉浦醫院と解説してくださったガイドの方にはこの場を借りて御礼を申し上げます。

また醫院の二階には新聞記事が展示されていて、人々がどのようにこの病気に向き合ったかがわかり大変感銘を受けました。おそらく病と向き合うときの人の姿勢は、ウイルスでも寄生虫でも、それこそ虚構の病であっても変わらないのだと思います。

治りたいという患者がいて、治したいという医者がいて、これ以上同じ病で苦しむ人を増やしたくないという人々の思いがある。だからこそ、合理的な選択をすることができ、立場の違いがあっても共闘できるというストーリー構成になっています。

こんなにうまくいくはずがないと思う人もいるかもしれませんが、こと病気に関してだけは、せめて物語の中だけでも希望があって良いのではと思っています。

……なんだか湿っぽくなってしまいました。空気を変えましょう。

さて、この十五巻の発売日は六月二十五日の予定ですので、もうそろそろ現国のアニメが放映されます。このなかがきを書いている頃はまだまだ大慌てで製作している途中ですので、どうなるかはわかりません。
このときの私は第二話までは本編映像を観ているのですが、リーシアの仕草がなんとも可愛(かわい)いんですよね。声を担当された水瀬いのりさんの演技と、コミカルな動きのお陰で、こちらが考えていた以上に魅力的な女の子になっていると感じました。
これからアニメブルーレイ特典用のSSを書かなければいけないのですが、もしかしたらリーシアは若干あの演技に引っ張られるんじゃないかなぁとか思っています。
それでは、絵師の冬ゆき様、コミカライズの上田悟司先生、担当様、デザイナー様、校正様、そしてアニメ版の製作に携わっていただいている方々と、この本を手に取ってくださった皆様方に感謝を。どぜう丸でした。

後日譚 ある夏の夜に

──大陸暦一五五〇年八月末頃・夜。


まだじっとりと昼間の暑さが残っている夏の夜。燭台（しょくだい）の火に照らされたパルナム城内の一室では、先日、父なる島から帰ってきたトモエ、イチハ、ユリガの学生三人組が王立アカデミーから出された夏期休講中の課題に取り組んでいた。

早い話が夏休みの宿題を、夏休み終了間近に慌てて片付けている状況だった。

三人は国からの正式な依頼によって父なる島へと派遣されていたため、いくらかの課題は免除されていたが、数学や歴史などの基礎的な学問の課題は、こなさないと授業について行けなくなるためしっかりと出されていた。

「うへ～……もう疲れた……やめたい……」

そう言って机に身体（からだ）を投げ出すユリガ。背中の翼も心なしか萎（しお）れているようだ。

そんなユリガにトモエとイチハが二人がかりで勉強を見ていた。

「ユリガちゃん。ここ、間違ってるよ」

「途中式は合ってるのに、最後のほうで代入を間違えてますね」

成績優秀で基礎学問に強いトモエとイチハは、さっさと自分の課題を終わらせると、いまだ苦戦していたユリガの課題を手伝っていたのだ。

ユリガは唇を尖らせながら不満そうだった。

「父なる島で散々肉体労働させられて、帰って来たら勉強漬けって酷すぎじゃない？　私たち、基本的にはただの学生なのに」

「う～ん……そうはいっても、みんなもそれぞれ大変なんじゃない？」

トモエが小首を傾げると、イチハもウンウンと頷いた。

「そうですね。学業だけやっていられる生徒もそんなにいないと思いますよ？　貴族や騎士の家系なら実家に戻れば手伝いがあるでしょうし、庶民の出ならこの休み中に学費を稼がないといけませんから」

「ルーちゃんもお小遣い稼ぎだって実家のエヴァンズ商会を手伝ってるし、ヴェルちゃんもそんなルーちゃんちのパーラーで売り子さんしてるんだって」

「？　ルーシーはともかくヴェルザも働いてるの？」

ユリガに聞かれて、トモエは苦笑交じりに頷いた。

「美味しい物を食べるにはお金が掛かるからって。ルーちゃんちで働けば甘い物がまかないで出るから願ったり叶ったりみたい」

「あー、よく買い食いしてたみたいだしね」

ユリガは、ルーシーの実家の新作スイーツを食べては、美味しそうに顔を綻ばせていたヴェルザを思い出した。アイーシャの例を見てもわかるとおり、好きな相手にも、食への探求にも一途なのがダークエルフという種族の特徴らしい。

するとトモエはクスクスと笑いだした。

「でも、一回ぐらいはみんなで集まって遊びたいよね」

「……そうですね。せっかくのお休みなんですし」

イチハが同意すると、ユリガもうんうんと頷いた。

「そうよ！　ソーマ殿だって入学式のとき、学生生活を謳歌するよう言ってたし！」

「でも、そのためにもユリガちゃんは課題を終わらせないと」

「うっ……わかってるわよ」

「あはは……」

子供たちがそんなことを話していたとき、部屋の扉がコンコンコンと叩かれた。

トモエが「ハイ！」と返事をすると、なにやらトレイを持ったソーマと、大きめのティーポットを持ったジュナが入ってきた。

「義兄様、ジュナさん？」

「やっほー、トモエちゃん」

「こんばんは皆さん。夜遅くまでお疲れ様です」

「「こ、こんばんは」」

いきなりの国王と第一側妃の登場に、イチハとユリガは立ち上がって迎えるべきかどうか迷っていたようだが、ソーマはヒラヒラと手を振った。

「ああ、いまはプライベートだからそういうのはいいよ」

国王自身にそう言われたので二人はそのまま座っていることにした。

ソーマは三人が囲んでいるテーブルを覗き込んだ。

「どう、トモエちゃん。課題は順調？」

「あっ、ハイ。私とイチハくんは終わってて、いまはユリガちゃんのを手伝ってます」

「それは！　そうだけど……べつに言わなくたっていいじゃない」

ユリガは膨れっ面で抗議したが、みんなはそんな彼女の強がりを微笑ましく見ていた。

「頑張ってるみたいだね。そんな三人に夜食でもどうかなって作ってきたんだ」

ソーマはそう言うと手にしていたトレイをテーブルの上に置いた。

「うわ～、ちょうどお腹が空いていたんで……す？」

「ありがとうございます。陛下……あれ？」

「なんにせよ休憩できるのはありがたいわ……って？」

ソーマが置いたトレイの上にあったものを見て、子供たちはそれぞれキョトン顔をしていた。スープ椀に軽くよそられたご飯三つと、醬油漬けにした白身魚のお刺身の載ったお皿、それと木匙が三人分と菜箸が一つだった。

「ご飯と……お刺身ですか？　義兄様」

「ちょっと違うかな。こうするんだよ」

ソーマはご飯の上に菜箸でお刺身を数切れ載せていった。

「それじゃあジュナさん。お願いします」

「はい」

ジュナはそのご飯とお刺身の上にティーポットの中のものを注いでいった。

するとお出汁（だし）の良い香りが子供たち三人の鼻腔（びこう）をくすぐった。空いていたお腹がさらに空いていくように感じる。ソーマはお椀と木匙をトモエに差し出しながら言った。

「ほい、お茶漬け」

「おちゃづけ……ですか？」

「俺の居た世界では定番の夜食なんだ。ちょうどシャボンからヤエズ島産の良い茶葉が届いたんでね。折角だし作ってみたんだ」

かつて居た世界で紅茶も緑茶もウーロン茶も原料である茶葉自体は同じもので、違いは発酵の度合いでしかないと聞いたことがあったソーマは、どこかに緑茶文化のある国はないかと探していたのだ。そして九頭龍（くずりゅう）諸島に緑茶文化があり、緑茶に適した茶葉を栽培していることを知ったソーマは、シャボンに頼んで送ってもらったのだった。

ティーポットの中身はその茶葉で淹（い）れたお茶と出汁を混ぜて味を調えたものだった。

「できればもうちょっと風情ある食器を使いたかったけどね。やっぱお茶碗（ちゃわん）に急須かやかんは欲しいよなぁ……まあない物ねだりしても仕方ないからあるもので代用したわけなんだけど。……はい、二人も」

ソーマはイチハやユリガにも同じ物を作って差し出しながら言った。

「ありがとうございます」

「いただきます」

そして三人して木匙で掬って食べるとパッと目を見開いた。

「すごく美味しいです、義兄様！」

「お出汁が良く利いててホッとする味です」

「夜なのに、いくらでも入っちゃうわね……」

パクパクズルズルと一心不乱にお茶漬けをかき込む子供たち。

そんな子供たちを見て、ソーマとジュナは満足そうにニッコリと微笑んでいた。それこそ一分もしないうちに子供たちはお茶漬けを食べきっていた。

「ふう……ごちそうさまでした。義兄様」

「「ごちそうさまでした」」

「はい、お粗末様っと」

食べ終わった食器を受け取りながらソーマは言った。

「三人には父なる島で頑張ってもらったからね。多少の労いになったかな？」

「義兄様……ハイ！　元気が出ました」

「そうね。お腹も落ち着いたし、もう少し頑張れそうかも」

先程まで不満たらたらだったユリガも持ち直したようだった。

少し前までのユリガならば「なんで国王が夜食を作って持ってくるの!?」と律儀にツッ

コミを入れていたかもしれないが、もうその程度では動じないくらい彼女もこの国のスタイル（というよりこの王家のスタイル）に染まっていると言えるだろう。

　そんな子供たちの様子を見てソーマも満足そうに頷いた。

「課題が片付くと良いね。せめてイベントの前までには」

「イベント？」

「あっ！　そうでした！」

　首を傾げたユリガとは対照的に、トモエはハッとした表情でポンと手を叩いた。

「ルーちゃんとヴェルちゃんからも一緒に行こうって誘われてたんだった！　さあユリガちゃん！　早く課題を終わらせよう！」

「えっ、なに急にやる気に？　なんなの!?」

「ほら、ペンを動かして！　イチハくんも手伝って！」

「わ、わかりました！」

「本当になんなのよもう!!」

　途端に姦（かしま）しくなった子供たち。そんな三人の様子にソーマとジュナは顔を見合わせて笑うと、邪魔にならないようそっと退室するのだった。

――それから二日後の夕刻。


「ふふっ、似合ってるね、ユリガちゃん」

「アンタもね。普段似たような服を着てるだけはあるわ」

トモエに格好を誉(ほ)められたユリガは、少し照れたように言った。

今日の二人は浴衣姿だった。

ちなみに浴衣の製作者はソーマであり、正確に言うとトモエ用に製作した何着かの浴衣のうち、水色の一着をユリガがもらい受けたのだった。二人は身長差もそんなにないため丈を直す必要はなかったが、トモエの尻尾を出すための穴を塞ぎ、ユリガの背中の翼を出すための切れ込みを入れる必要があった。

「祭りといったらこれだろって着せられたけど、これはこれでいいものね」

袖を摑(つか)みながら自身の浴衣を眺めるユリガを見て、トモエは義兄様(あにさま)を誉められたような気がして満足そうに微笑んだ。

今日、王都パルナムでは都市をあげての夏祭りが行われていた。

経済を動かす某(なにがし)かのイベントを催したいロロアの要望を受けて、ソーマが提案したのが、出店を並べて花火を打ち上げるという『ソーマの居た世界風の夏祭り』だった。

ちなみにこの企画を出したとき、国王と第三正妃の間では、

『ダーリン、この夏祭りってなにを祀(まつ)るん？』

『ん？　祀るってなにが？』

『いやいや、なにかを祀るからお祭りなんやろ？』

『……言われてみれば、夏祭りってなにを祀るんだろう？　神社はともかく商店街とかでも夏祭りってやってたからなぁ……』

……という間の抜けた会話がなされたとか。

一応、今回の祭りの趣旨として去りゆく夏を惜しむための企画ということで落ち着いたようだ。そんなこんなで開催された夏祭りにトモエたちは遊びに来ていた。むしろこの夏祭りに行くために、あの宿題地獄をくぐり抜けたと言っても過言ではなかった。

「ふふっ、課題終わってよかったね。ユリガちゃん」

「ホントよ、べつの意味で終わるかと思ったわ。……ところで」

するとユリガはキョロキョロと周囲を見回した。

「イチハはどこに行ったのよ？」

「イチハくんだったら、ほら、あそこ」

トモエが指差した先には〝黄色の浴衣を着た美少女〟の手を引いているイチハの姿があった。丈の長い浴衣に慣れておらず、歩きにくそうにしていた少女はイチハに言った。

「ゴメン、イチハ。この服装に慣れなくて」

「大丈夫ですよ。ほら、摑まってください」

イチハは浴衣の少女に手を差し伸べながら優しく微笑んだ。

「行こう、サミ姉さん」

浴衣の少女はイチハの姉のサミ・チマだった。大和撫子(なでしこ)を体現したかのような美女であるムツミの妹だけあって、和風な装いがとても似合っていた。

ムツミよりは短い髪を左側で結んだサミは、申し訳なさそうにイチハに言った。

「ありがとう。……私、護衛役なのに」

「気にしないで、姉さん。いざというときは頼りにしてますから」

今日のお祭りに子供たちの引率役として選ばれたのがサミだった。

今日は人混みが予想されていたため、黒猫部隊が陰から護衛するにも限度があり、最低誰か一人を子供たちの傍(そば)に付けたいという保護者(ソーマ他)たちの意向があった。

かといって友達同士の楽しい時間に、イヌガミみたいな武骨者が居ても場違いな感じがするので、歳(とし)が近く優秀な魔導士でもあるサミに白羽の矢が立ったのだ。

サミについても、いつまでも大書庫に籠もりっぱなしというのも心と身体(からだ)の健康に悪そうだったので、子供たちの引率を理由に外出させようという配慮が働いていた。ちなみにサミの浴衣は体形の近いロロアのものを借りたものだった。

「……いいのかしらね」

「ユリガちゃん？」

そんなサミを見ながらユリガはポソリと呟(つぶや)いた。

「あの人にとってお兄様は仇(かたき)なんでしょ？　妹の私と一緒に居ていいのかな？」

「………」

サミにとってフウガとハシムは義父ハインラントを謀殺した仇だった。

ただフウガの妹であるユリガに対しては思うところはないと、以前、大書庫でイチハとサミが話しているのをたまたまだが聞いたことがあった。むしろ、

『血の繋がった兄に振り回されてそうな感じで親近感すら覚える』

……とも言っていた。とはいえ、割り切れない思いもあるのだろう。

するとそんなユリガの両手をトモエがガシッと摑んだ。

「大丈夫だよ！　ユリガちゃん！」

「トモエ？」

「義兄様たちが護衛を任せてもいいって判断した人だもん。ユリガちゃんが居るって知っているのに、サミさんは護衛を引き受けてくれたんだもん。ユリガちゃんが心配しているようなことなんて、全然ないよ！」

勢いで押し切るように言うトモエ。ユリガは目をパチクリとさせたあとで、ほんの少しだけ口角を上げると、トモエのほっぺをプニプニと引っ張った。

「チミッ子のくせに生意気なのよ。アンタに心配されるほど落ちぶれちゃいないわよ」

「いひゃいいひゃい」

「ったく……それより、アンタはいいわけ？」

トモエのほっぺから手を離すと、ユリガはイチハたちを指差した。そこにはイチハにひ

しっと抱きついて歩くサミの姿があった。

「なんかあの二人、めちゃくちゃ仲良さそうだけど」

「？　姉弟で仲が良いのは良いことじゃない？」

トモエはほっぺを摩りながらキョトン顔で言った。

ユリガは「ふ～ん」と意味深な含み笑いをした。

（もし抱きついているのが姉じゃなかったら、この子はどんな顔をするのかしら？）

魔物学シンポジウムのころからトモエは、なにかとイチハのことを気にしている様子だったし、そろそろ自覚してもいいころだろう……と、ユリガ、ヴェルザ、ルーシーの三人はそんなことを話していた。知らぬはトモエとイチハばかりなり。

生暖かい目で自分を見るユリガを、トモエは訝しそうに見返した。

「……なに？　ユリガちゃん？」

「べつに～」

「お待たせしました」

するとイチハがサミを連れてやってきた。サミもペコリと頭を下げる。

「モタモタしてごめん。二人とも」

「いえ、全然大丈夫ですよ」

「慣れない格好なんだもの。仕方ないわ」

トモエとユリガがそう言うと、サミは柔らかく微笑んだ。

「それじゃあ行きましょう。ここに居ないイチハの友達……二人とジンジャーの専門学校で待ち合わせ、よね？」

「あ、はい。ルーちゃんとヴェルちゃんです！」

トモエがそう答えるとサミは目をパチクリとさせた。

「待ち合わせの二人も女の子？　イチハ、もしかしてモテモテ？」

「ちょっと姉さん！　そんなんじゃないから！」

「「あはは……」」

真っ赤になって否定するイチハに、トモエとユリガは苦笑するしかなかった。

◇◇◇

四人はジンジャーの専門学校の校門前でルーシー、ヴェルザと合流した。

「で、なんで待ち合わせがここなのよ」

「ふっふっふ、もちろん、これがやっとるからやん」

ユリガに尋ねられたルーシーは専門学校の正門にあったゲートを指差した。そのゲートにはデカデカと『B級グルメ展・会場』という意味の文字が書かれていた。

「陛下とポンチョさんが、陛下の居た世界の料理を再現するようになってから結構経ちますし、レシピの種類も増えてきたことから、ここらで一つまとめてお披露目しようと企画されたものみたいです」

イチハがそう解説すると、ルーシーはうんうんと頷（うなず）いた。

「美味（おい）しい物が仰山あるらしいわ。まずはここで腹拵（はらごしら）えしよか」

「美味しい物……甘い物はあるでしょうか」

美味しい物と聞いてヴェルザが目を輝かせていた。そんな彼女の平常運転な様子にトモエたちはクスクスと笑うと、とりあえず中に入ることにした。

校内にはいたるところに屋台が出ていて盛り上がっていた。

お好み焼き、ホルモン焼き、アイスクリーム、鉄板ナポリタンなど、王城在住のトモエたちには馴染（なじ）みの物からそうでない物まで、様々な食べ物が売られていた。

「あれ？　トモエ様？」

「えっ？」

声を掛けられたほうを振り向くと、『目玉焼きのせ焼きそば』と書かれた屋台に、ジルコマとポンチョの第二夫人コマインの兄妹がエプロン姿で居た。二人の前には目玉焼きと焼きそばが調理されている鉄板があった。ネイティブアメリカン風の兄妹が、エプロン姿に三角巾で、両手にはコテを持っている絵はなかなかシュールだった。

「コマインさん？　お店を出しているのですか？」

トモエが目をパチクリとさせながらそう尋ねると、コマインは「はい！」と笑った。

「このイベントには旦那様（ポンチョさん）が協力しているお店が沢山あるので、いまはラスタニア王家の方々の警備くらいしかやることがない兄上を誘ってお手伝いしてるんです」

「警備くらいしかって……まあ事実ではあるが」

ジルコマは複雑そうな顔をしていたが、コマインは気にせず話を続けた。

「旦那様はいまも会場を走り回ってるでしょうね。トモエ様たちも、焼きそば、一ついかがですか？」

「ああ、ええね。三つ買ってみんなで分けへん？」

ルーシーがそう言うとヴェルザがコクコクと頷いていた。一方で、

「いや、私は後ろの光景のほうが気になっているんだけど……」

ユリガはそう言って屋台の裏手を指差した。

屋台のすぐ裏は校舎になっていて、一番近い教室は明るく照らされていた。

「ほら、二人ともケンカしないの。仲良く遊びなさい」

「おや、眠いのですか？　こちらにいらっしゃいな」

その教室の中では一～三歳くらいの幼児たちが十人くらい集まって寝ていたり遊んでいたりして、ジルコマの妻ローレンとポンチョの第一夫人セリィナがそんな幼児たちを見守っていた。

指摘されたジルコマとコマインは顔を見合わせて苦笑した。

「いや、その、これは……な」

「うちと兄上の子供を合わせたら六人になるので、臨時の託児所を作ったんです」

ジルコマとローレンの間には現在子供が四名、ポンチョとセリィナとコマインの間には一名ずつの二名子供がいる。計六名も子供がいれば誰かが見ている必要があるので、いっそ他の参加者の子供も一緒に預かってしまおうということになったそうだ。

するとコマインはジト目でジルコマを見た。

「というか、うちは普通でしょう。奥さん一人なのに結婚数年で四人も子供がいる兄上がおかしいんです」

「……一組双子だったのだからしょうがないだろう」

「だからって、ローレン義姉上も大変でしょうに」

「いや、子供が可愛らしくて沢山欲しいと言ってるのはローレンなんだが……」

二人がそんなことを話していたそのときだった。

「ふふっ、こうしてみると二人目が欲しくなりますね。ジンジャー様」

「サンさん!?」

いつの間にかトモエたちのそばにこの専門学校の校長ジンジャーと、彼の妻サンドリアが腕を組んで立っていた。

コマインはジンジャーたちに気が付くとニッコリと笑いかけた。

「こんばんは。お二人は見回りですか?」

「あっ、はい。なにか問題ないか見回っています」

「そんなことよりです、ジンジャー様」

するとサンドリアがジンジャーの袖を引っ張った。

「私、二人目が欲しくなりました」

「えっ、しばらく二人目はいいかなって話だったんじゃ……」

「そうですけど、子供に囲まれているセリィナさんを見たら、なんだか欲しくなってしまったんですもん」

同じ侍従（メイド）という立場にあったからか、サンドリアはセリィナを意識しているようだった。以前はむしろ自分より恋愛に消極的だったはずのセリィナが、多くの子供たちに囲まれて穏やかに微笑んでいる。

その光景を見てサンドリアは「私も」と思ってしまったようだ。

「今夜から頑張りましょう」

「あ……はい。わかりました」

「あの～……そういう家族会議はよそでやってくださいませんか？」

コマインに苦笑交じりに言われて、ジンジャーは顔を真っ赤にしていた。

また一連の会話を聞いていたトモエたち思春期組（アカデミーの授業の一環として、最低限の保健体育の知識は習得済み）もまた頬を染めていた。

そんなみんなの様子を焼きそばを食べながら眺めていたサミは、

「穏やかだけど賑（にぎ）やかで……変な国」

そう呟いて苦笑するのだった。

パンッ、パンッ、パーンッ！

空に広がる大輪の花火。ソーマの居た国の花火は消えるときの儚さも大事にするため、連発で打ち上げるとき、一発一発を打ち上げるときと緩急をもって打ち上げられる。

対してこの国の花火にはそのような文化はなく、打ち上げ師代わりの砲兵隊がいかに効率よく間断なく打ち上げて夜空を染め続けられるかが求められていた。

前者は床の間の生け花のような打ち上げ方であり、後者は山桜が散る様のような打ち上げ方だ。どちらかが良いとか悪いとか比べるものではないだろう。

「「「ふわ～」」」

それは空を見上げる子供たちの目の輝きからもわかるだろう。

ここはトモエたちの通う王立アカデミーの屋上だった。

新進気鋭のジンジャーの専門学校を若干ライバル視している王立アカデミーは、向こうがお祭り中に校舎を開放するなら、こちらもとばかりに校舎を開放して、音楽や舞台演劇などのイベントを開催していた。

そしてアカデミーの屋上からは花火が良く見えると聞いていたトモエたちは、専門学校で買ってきた食べ物を持ち込んで花火見物としゃれ込んでいたのだった。

「た〜まや〜！」

トモエが急に声を張り上げたので、ユリガは目を丸くしていた。

「なにそれ？」

「義兄様の居た世界では花火を見るとき、そう声を出すみたいです」

「なんや面白そうやな。た〜まや〜！」

「「　た〜まや〜！　」」

ルーシーがかけ声を上げると、ヴェルザとイチハも声を上げた。それを見ていたユリガとサミも、ノらないのもなんだか淋しい気がしたので同じように声を上げた。そうして六人は持ち込んだ屋台料理を食べながら、花火が彩る夜空を満喫したのだった。

「良い夏の思い出ができたね。ユリガちゃん」

トモエが楽しそうにそう言うと、ユリガは、

「ま、悪くはないわね」

……と、肩をすくめてみせた。口ではそう言ってはいるが、夏の夜に友と見上げた花火の光景はユリガの心に深く刻み込まれるのだった。

コミックスシリーズ
俺が、この国を変えてやる！
好評発売中!!
GARDO COMICS
現実主義勇者の王国再建記
漫画:上田悟司
原作:どぜう丸　キャラクター原案:冬ゆき

作品のご感想、ファンレターをお待ちしています

あて先
〒141-0031
東京都品川区西五反田 7-9-5 SGテラス 5階
オーバーラップ文庫編集部
「どぜう丸」先生係 ／「冬ゆき」先生係

参考文献
『君主論』マキアヴェッリ著　河島英昭訳（岩波書店　1998年）
『君主論』マキアヴェリ著　池田廉訳（中央公論新社　2001年）
『リーダーの掟 超訳 君主論』ニッコロ・マキアヴェッリ著　野田恭子訳（イースト・プレス　2014年）
『今度こそ読み通せる名著 マキャベリの「君主論」』ニッコロ・マキャベリ著　夏川賀央訳（ウェッジ　2017年）

現実主義勇者の王国再建記 XV

発　　行　2021年6月25日　初版第一刷発行

著　　者　どぜう丸
発 行 者　永田勝治
発 行 所　株式会社オーバーラップ
〒141-0031　東京都品川区西五反田 7-9-5
校正・DTP　株式会社鷗来堂
印刷・製本　大日本印刷株式会社

Printed in Japan ISBN 978-4-86554-937-9 C0193

無敵の組織で、
"最強"の頂点に君臨

英雄だった亡き祖父に憧れ、最強の探索者を志す少年・ノエル。強力な悪魔の討伐を生業とする探索者達の中で、彼の持つ職能は【話術士】——戦闘に不向きな支援職だった。しかし、祖父の遺志を継ぎ、類稀なる才略をも開花させた彼は最強への道を見出す。それは無敵の組織を創り、そのマスターになることで……?

著 じゃき　イラスト fame

シリーズ好評発売中!!